# フォルチュニのマント

ジェラール・マセ

# フォルチュニのマント

——『失われた時を求めて』をめぐる衣服の記憶

福田桃子 訳

水声社

sentier de la critique
批評の小径
水声社

## 目次

## 凡例

・（ ）は原著者による補足を示し、〔 〕は訳者による補足を示す。
・原文の『失われた時を求めて』からの引用は一九五四年のプレイヤード版に依拠している（巻数をローマ数字で示し、つづけて頁数を示す）。なお、訳文には吉川一義訳（岩波文庫版）を使用させていただき、邦訳の巻数と頁数を示した。また、訳文には本書での文脈に応じて、若干の改変を加えさせていただいた部分もある。
・本文中の（＊）は原著者による注を示し、巻末に「注解」としてまとめた。

乙女時代の名の影に捧ぐ

美しい書物は一種の外国語で書かれている。言葉のひとつひとつに、各自が自分なりの意味や、少なくともイメージを当てはめるのだが、それは誤解であることが多い。とはいえ、美しい書物の場合、そこでなされるあらゆる誤読が美しい。

——プルースト「サント＝ブーヴに反論する」

# フォルチュニのマント

フォルチュニの名は父と同じく、マリアノだった。

父と同様に凡庸な画家でありながら、『失われた時を求めて』で名指される芸術家としては、ただひとりの存命人物であった。もちろんそれは、三音節のあのアマルガム、偶然の豊穣と恩寵を、金の糸で縁取られた昼と夜を、暗く、玲瓏（れいろう）と響かせるあのアマルガムのため、つまりはこの小説にお誂え向きのその名のためである。しかしより正確に言えば、彼に名声をもたらしたその作品のためであった。ゲルマント公爵夫人のワードローブを構成する衣装に含まれていたあれら絹のビロード、ブロケード、タピスリー、ガラスの粒がちりばめられた千とひとつの襞に、主人公は魅惑されるあまり、アルベルチーヌのために同じものを所望するほどだ。その結果として、プルーストの読者は、フォルチュニの名から逃げ去る女のマントをとっさに想起させられる。夜の色をしたこの金羊毛を、アルゴ船の乗組員たる語り手はヴェネツィアで再発見するものの、それを屍衣に仕立てることとなる。

フォルチュニの父はスペイン人で、一八三八年にタラゴナ県に生まれた。バルセロナ美術学校で学び、最初のローマ滞在を経て、母国と戦争中だったモロッコに送り込まれた。彼はこの公的任務からクロッキーと、とりわけ土産物や美術品を持ち帰った――トランク、家具、箱類、金銀の象嵌されたマスケット銃、三日月刀、バブーシュ、絨毯、要するにムーア的な、とはすなわち、当時の言い方でいえば「オリエンタルな」装飾の一切合切を。(*) それからローマに腰を据え、パリでメソニエ〔ジャン＝ルイ・エルネスト・メソニエ（一八一五―九一）。歴史・戦争画での細密描写を得意とした画家〕の知己を得て、すこぶる型にはまった制作をした――もっとも、彼自身の技量は、はかない名声をもたらしはしたものの、本人にとってどうやら不安の種だったとおぼしい。しかし彼には他のやり方を見つける時間がなかった。というのも、妻と二人の子供たちとともにナポリ近郊で一夏を過ごしたあと、一八七四年にマラリアでこの世を去ったのだ。

　グラナダで息子が誕生したのは、その三年前だった。当初はパリに居を構えていた母親のもとで育てられたが、子どもは喘息持ちで、馬アレルギーのせいで急に発熱してしまうのだった。そのためフォルチュニ夫人はヴェネツィアに移り、漆喰塗りの厳（いかめ）しいマルティネンゴ館にて、亡き夫の遺品に囲まれながら過ごした――それらのひとつに金具で閉まる象牙の箱があって、中には、夫人がずっとコレクションしてきた貴重な布が重ねられており、それらの布のモチーフは、息子の想像力に永遠に刻印された。アンリ・ド・レニエが彼女を訪問したのはこの館で、彼の『望楼（アルタナ）あるいはヴェネツィア暮らし』の中で以下のように語られる「魅惑の情景」に立ち会うためだった。

「常々、フォルチュニ夫人はわれわれに、古い布地への偏愛を打ち明けていた。時による破壊を逃れたどんな小さな端切れでも、かつてのままの栄華を想起させてくれるのだと。彼女が最初に布を買ったのはスペインで、ぱっくり開いたザクロの装飾を施された、血の色に輝く紫色のアンティークのベロアだった。

この後、多くのものを購入し続け、少しずつ、素晴らしいコレクションが構成されていった。ヴェネツィアではとりわけ冬に掘り出し物があるのだった。どこかのヴェネツィア女性が館にやってきて、そのショールの下から、貴重な端切れを取り出すこともしょっちゅうだった——家族の形見、過去の名残は、あれもこれも消え去った数々の豪奢の記憶に、その裏付けを与えてくれるのであった。

さて、フォルチュニ夫人とその娘は部屋の隅に置かれた大きな櫃に近づき、重い蓋を持ち上げた。そこには、やわらかく畳まれ、あるいは注意深く広げられた布地があり、それらを母と娘はゆっくりと慎重にそこから取り出すのだ。突然、最初の布地があらわれた。それは十五世紀の感嘆すべきベロアで、暗いブルーに時代がかったアラベスク模様が型押しされている。そのベロアの青色は奇妙で、くすんで、深く、混じりけがなく、夜が身に纏う衣装そのものであった」(Henri de Régnier, *La vie vénitienne*, préface de Dominique Fernandez, Mercure de France, 1986, pp. 80-81)

それは、『失われた時を求めて』においてシャルリュスが、彼もまた、アルベルチーヌを、「すでにご婦人であるお嬢さん」(III, 210.〔第十一巻、五〇頁〕)を、自分好みに装わせようとするときに、肩にかけたいと夢想するベロアそのものである。そしてアルベルチーヌが選び、その後、「二重の意味で黄昏(たそがれ)どきだった」(III, 647.〔第十二巻、一二三頁〕)宵に身に着けるマントも、同じ生地で作られているようだ。アンリ・ド・レニエのこの文例のおかげで明らかになったように、プルーストによるある種の段落も同様に、この時代特有の文体のなかから切り抜かれていたように思われる。それらは同じような魅力と、ほとんど同じような欠点を備えている。しかし、それらは内側からもっと大きな精神の反映によって照らされているのであって、その精神にとって、立ち現れる記憶は懐古趣味の対象ではなく、絶えざる潜在状態にある未来なのである。

フォルチュニは亡父への崇拝の中で育てられた。家庭内でワーグナーを歌い、神と芸術と動物たちを愛した妹のマリア＝ルイサが一緒だった。「マルティネンゴ館では、鳩も猫も鼠も歓迎された。したがって、それぞれの種ごとに部屋が必要となり、マリア＝ルイサはそれぞれに適した食物をそこに毎日運んでやった」（Anne-Marie Deshodt, *Fortuny*, Éditions du Regard, Paris, 1979 に掲載された写真

のキャプション）

世紀の変わり目にフォルチュニは居を移し、あらゆる点において独立する——一九四九年に世を去るまで過ごすことになるオルフェイ館は、現在では彼の名前を冠しており、その錬金術の館となった。一九三二年に訪ねた客はこう書いている。「昨夜、私は謎めいた館（パラッツォ）の敷居をまたぎ、その魔法に心を奪われた。太陽のようなランプの前を通ったのだが、私の体は影をまったく作らなかった。広大な部屋の壁に沿って、または眩しく反射しているガラスの内側に、私は多色のタピスリーや、ブロケードや、まったく糸で織られていないダマスク風の布を見た。そして私は厳重に鍵をかけられた奥まった部屋へ辿り着いたのだが、そこからは本物の空が見えて、その大気は代わる代わる荒れ狂ったり静まったりして大きな講堂を包んでいるのだった」（Guillermo de Osma, *Fortuny*,

Éditions Rizzoli, New York, 1981 に引用されている不詳の著者）。それまで職人の集団に使われていた場所の主となったフォルチュニは、工房を修復して構え、休みなく仕事をして、まるでカルパッチョの描く人物のように時にバーヌースを着てターバンを頭に巻き、そしてある冬などは、サロンの中心に建てたアラブ式のテントで暖をとりながら働いた。型にはまった画家そして完璧な模倣家から、彼は写真家、照明技師、装飾家、舞台芸術家、一語で言うなら発明家になった――とはいっても、彼が真の自己に到達することを可能にしてくれるのは、やはり古い題材の模倣なのであるが。

ただし、死せる肉体の裸を再現する代わりに、彼は、メムリンクやカルパッチョやマンテーニャやティツィアーノの作品から、輝くような装いや豪奢な衣装を剥ぎ取り、展示場所から引き下ろしてヴェネツィア女性たちの肩にかけてみせたのだった。それからというもの、彼は、生身の女性たちを装わせるようになる――自身が製作の秘密を再発見した、軽くて華美な布地を使って。

　自然が彼に色彩をもたらす――インドからはインディゴ、メキシコからはコチニール、ブルターニュ地方からは麦藁、中国からは腐臭のするピータンまで取り寄せて、銀と金を定着させるためにその白身を使用する。展開されるモチーフは、アラビア文字や、ペルシアの闘獣士や、世界中の帯状装飾（フリーズ）や唐草模様――柱頭、説教壇、階段、天井、窓、スタッコ細工、小箱、部屋履きなどで、彼は精確な目録を作成し、その正確な目録は、彼自身の手で装幀された帙（ちつ）に保管されて書架に並べられた。そこでは、錬金術師の本物の用具一式の真ん中に、自ら繊細な彫金細工を施したダチョウの卵が鎮座していた。しかし彼は、様式が飽和したその創作物に、パランプセストたるその布地に、トガや、カフタンや、ジェラバや、サリーやカズラから着想を得てデザインした、時を超越した正確な形を与える。彼がデルフォイの御者〔紀元前五世紀の彫刻〕を女性化するとき、その少しこわばったチュニックを広がった裳裾に変えるとき、植物相から花冠や花弁の形を借りるとき、彼は完全に思い通りに振る舞うのだ——同様に女性の方も、襞の入った絹の「デルフォス」を纏えば自由に行ったり来たりできて、歩きながらたゆたう。サテン、モスリン、クレープデシン、コウモリの翼を与える黒のガーゼ、袖なしマントのように肩にかけるだけにとどめるベロアでも同じこと——女性は自分を囚われの身にしていたコルセットから解放されるのみならず、わざとらしい態度や、画家たちがその中に彼女を永遠化しようとした不動のポーズからも解放されるのだ。

しかしながら、世界から隠れて錬成されていったこの美学は、身体の不完全性を隠すように世界の悲惨を隠しているが、傷つきやすい感受性を隠しおおせてはいない。その証拠には、不安を催させる繻子の靴が、フォルチュニによるエッチング上で、鳥にもネズミにも似たオブジェから、幻想的な動物図集の一要素へと変形される。また、『オセロ』(*)を撮るための衣装を借りにやってきたオーソン・ウェルズに対峙したとき、ヴェネツィアのデザイナーが示した反応も。毛皮の裏地が全体に施されたブロケードの上着を試着した監督が、感嘆したあとに、何の毛皮であるかを尋ねると、フォルチュニはようやく無関心な態度をやめて、凶暴な陽気さを発揮して答えた。この白と灰色の毛皮はオーストラリアのモグラのもので、死体を食べるのが特徴であると――しかも自分と同じ種の死体のみを食べるのだと (Anne-Marie Deschodt, *op.cit.*, p. 31)。

プルーストが「ヴェネツィアの生んだ天才」（III, 647.〔第十二巻、五一九頁〕）と呼び、ヴェネツィアの人々の方では「小さなレオナルド」とあだ名したフォルチュニは、パリの産業財産庁に、二十以上もの特許を登録した。なかんずく、「船舶推進装置」「膨張性を利用した凹面状内壁の建設方法」、布への印刷法、写真用紙、アーク灯、そしてとりわけ舞台照明を手なずけ、その強度を調整し、それに色をつけ、それを弱め、ひとことで言えばスペクトルと戯れるいくつもの手段であった。この領域での最も特筆すべき発明（パリのベアルン公爵夫人の私設劇場でお披露目され、アドルフ・アッピアとマックス・ラインハルトによってドイツのいくつもの劇場が後に続き、一九二二年にはミラノ・スカラ座でも採用された）は、フォルチュニのドームの名の下に今も残っており、一九〇六年四月十五日付けの『ル・メネストレル』紙では次のような言葉で紹介されていた。

「舞台上、幕の上には、ボルタ電池の二重の光源が舞台装置を照らすが、後者は背景ではなく、白い布地でできた巨大なドームで、まるで気球の内部にいるようである。色付けられた絹や、雲が描かれたガラスが光源の前をよぎるにともない、ドームは色づいたり活気づいたりする」

二週間後、同じ記者は、フォルチュニの言葉を借りながらこのように付言する。

「一九〇六年三月二十九日に初めて、舞台美術は、音楽に固有の領域に入り込んだ。つまり、これまでは空間の中でしか展開できていなかったものが、時間の領域に入り込んだのだ」

『失われた時を求めて』が出版される七年以上前に書かれたこれらの行を通して、フォルチュニとプルーストの深い共鳴がよりよく理解できる。プルーストが件（くだん）のドームや、間接照明や、雲の投影について（一八九六年に『パルシファル』上演のためにフォルチュニ自身が描いた《花咲く乙女たち》と題された絵についても）言及していないとしても、風景や役者に思い通りに生気を吹き込むことのできるフォルチュニの手法の中に、ゲルマント邸をアラジンの館に変身させ、記憶に幻燈の色鮮やかな透明さをもたらし、魂の復活のうちに記憶現象を見出す精神と同質のなにかを見出したのだ、と考えることはできる。

プルーストは人物を登場させるとき、とりたてて前置きをしたりせず、(登場人物の全身像を示すバルザックとは対照的に) 紹介の労をとる必要性も感じておらず、要は、まるでわれわれがそれらの人物たちを以前から知っているかのように語るにとどめるのだが、今日ではそれがまったき事実となっている。

こうしてラ・ベルマは、その名声が現実である女優のリストにおいてサラ・

ベルナールの傍にあらわれ、この近接性がそれに伴う感染を通じてわれわれに作用する。アルベルチーヌに関しては、初めて彼女が名指される時、すでにあの「アルベルチーヌ」（その括弧の使用からも疑いようがない）である（I, 512.〔第三巻、一九二頁〕）。女生徒たちの限られた集団にとってそのとき事実であることは、別の意味においてではあるが、ボンタン夫人の姪や、スワンや、サン＝ルーや、ベルゴットその他の人物について、『失われた時を求めて』を一行でも読む前に耳にしたことのある読者たちにとっては、なおのこと事実なのである。この意味では、たしかにプルーストは後世のために書いた。そこでの噂は、このように極限まで高められた再会の印象のおかげで、読書の喜びと密接に結びついている。

フォルチュニの名前は、エルスチールによって初めて口にされる。『花咲く乙女たちのかげに』のある一節において、ヨットレースの祭典や、ヴェロネーゼやカルパッチョの絵画、そしてオリエントのデッサンに彩られた古い布地が話題になるときのことだ。そして、ゲルマント公爵夫人のドレスとアルベルチーヌのマントに関してその名が何度も、とはいえずいぶん後になってから言及されるのは、意味論的、音韻的に重要であるのみならず、その名がヴェネツィアの街に、より正確にはある秘密の物語に関連しているからである。

フォルチュニの名前が初めて『失われた時を求めて』にあらわれるとき、そこはバルベックで（そこの教会はゴシック様式であると同時にペルシア風であり、そもそもノルマンディーというよりヴェネツィア色がある）、語り手はアルベルチーヌを連れて画家に会いに来ていたのだった。彼らは語らい合うなかで、海辺の競馬場の光について、レガッタやヨット、エルスチールや同時代の画家たちが好む屋外制作用の題材の話をしていたところで、耳打ち役をまめに果たす主人公が、ヴェロネーゼとカルパッチョの名前を挙げる。「あなたの比較はじつに的確ですね」とエルスチールは言う。「なにしろその画家たちが制作をした町が町だけに、描かれた祝宴も一部は海上でくり広げられましたからね。〔……〕こちらで見られるような水上槍競技もありましたが、ふつうはカルパッチョが《聖女ウルスラ伝》で描いたようになんらかの使節団の歓迎行事として開催されたものでした。どの船もどっしりとした巨大な御殿を思わせる建造物で、真紅のサテンとペルシアの絨毯とにおおわれた仮設橋で岸に繋がれていて、船のうえでは婦人たちがサクランボ色のブロケード織りや緑色のダマスク織りの衣装を身にまとい、すぐそばの極彩色の大理石を嵌めこんだバルコニーから身を乗り出して眺めているべつの婦人たちが真珠やギピュールレースを縫いつけ白のスリットを入れた黒い袖のドレスを着ているときには、船はほとんど水陸両用かと思えて、ヴェネツィアのなかにいくつも小さなヴェネツィアが出現した観があります」（I, 898.〔第四巻、五四四―五四五頁〕）

これらの衣装への言及は、アルベルチーヌの心にヴェネツィアに行きたいという欲望を呼び起こす。その時からというもの、街はその名前を冠したレースのステッチと密接に結びつく。しかしアルベルチーヌはギピュールレースを目にするには生まれるのが遅すぎた。「噂では、ヴェネツィアの芸術家フォルチュニがそうした服地製法の秘密を再発見したらしい」（I, 899.〔第四巻、五四六―五四七頁〕）というささやきが裏付けをえない限り。

この復活の約束と、語り手がフォルチュニのドレスを着たパリの女性たちを想起することになるヴェネツィア旅行のあいだには、ページにして千ページ以上、数えられていない日々が流れ去る。ヴェネツィアの芸術家による衣装は、物語の中で失われてふたたび見出されるあの時間の装いであり、その見せかけの厚みと非現実的な軽さを共有している。しかしながら、プルーストはあらゆる年齢への言及(話者の年齢ももちろん明かされない)や、あまりにも正確な時系列を避けながらも、「時」の素材そのものを『失われた時を求めて』に組みこんだ——時計や、カレンダーの表示、丹念に番号を入れられた章の表示よりも、プルーストはより微妙な合図を、記憶の真の尺度を好んだのであり、その不揃いな目印とは急激な回帰、緩慢な分裂、装われた偶然、不可視の法則、そして魔法のオブジェなのである。

再び見出されたかのように思われる秘密、戻ってくる記憶、新たに感じられる印象、それらが『失われた時を求めて』の中心であるのはいうまでもない。

しかしこのことを改めて確認するのは、だからといってフォルチュニがこの作品の登場人物にはならないことを付け加えるためである——それはオブジェに紐付けられた名前であり、署名、より正確には署名印なのだ。いまだに彼の布地のいくつか（黄金の緯畝織の上のローマン体文字）に見られる署名印は、その丸い形とその色から、昏（くら）い太陽、月食、もしくはラグーンの水面に映る星影に似ている。(*)

数文で記され、飛び飛びに配置されているフォルチュニについての目配せは、語り手がベルゴットの「印がついているわけではない口調」〔語り手によれば、この「口調」こそが、「作家のもつもっともはかないものであり、それでいてもっとも深いものである」（第三巻、二七八―二七九頁）〕やヴァントゥイユの小楽節のうちに解き明かした様式の教えに続いて、さらに別の教えを語ることを可能にする。なぜなら、書物もまた装飾であり、その裏側と表側は、死と生の、古きものと新しきもののつながりを維持しているからである。自己開示する作家についていえば、彼でさえも完全に裸というわけではなく、常に借用の術である芸術の力を借りて、自身の記憶の襞に包まれたり寄進者像に変装したりしている。

もしも現実のなかから抽出された見本が、小説のある場面でなお生をつなぐことができるとすれば、もしもある登場人物が、ありきたりの生から離脱し、ページの間に自分のシルエットを浮かび上がらせることができるとすれば、語り手（この件についてはバルザックを引用しつつ）がわれわれに言うところによれば、それはまずもって衣装のおかげであり、誰それの訪問を受けるための装いのおかげにほかならない。しかしながら、「ゲルマント夫人が身につけているあらゆるドレスや部屋着のなかで、ある特定の意図にいちばんよく適合してなにか特別な意味を備えているように見えたのは、フォルチュニがヴェネツィアの古い図柄を模してつくったドレスである」(III, 33.〔第十巻、七一頁〕)。語り手にとって、あまりにもありきたりであるか、互いによく似ている同時代の服装は、あの公然の意図、小説世界が必要とする欲望の生ける徴(しるし)とすべく、ある人物を際立たせ、群衆の中で区別をつけるには役立たない。現実的でありながら古びることのない「フォルチュニのドレスだけは例外」である。「このドレスは現実に存在するものであり、そのいかに些細な図柄といえども芸術作品の図柄と同じく必然的に定められたものであるから、小説家の描写にもいかなる曖昧さも許されない」(III, 34.〔第十巻、七一頁〕)。つまり、そのモチーフが真実の見せかけをしており、あるいは真実以上のものですらある『失われた時を求めて』における図柄と同じくらい現実的であるということ。現実のオブジェに、美術館だけではなくパリジェンヌの肩にも見られる作品にもその名を刻むフォルチュニのおかげで、衣装と書物をつなげるメタファーは、書証の端緒を受け取り、『失われた時を求めて』の現実性はそれによっていわば裏書きされている。ただし、まるで芸術だけが現実を保証できるかのように、別のある芸術作品によって。

「ヴェロネーゼの時代、いやカルパッチョの時代の衣装と比べると、現代のモードのほうが好き」(I, 899.〔第四巻、五四八頁〕)だというエルスチールから見れば、フォルチュニのドレスには、とはいえ欠点がひとつある。バルベックで彼は、女性たちが数年もしないうちに身に着けるようになるであろうブロケード織りに言及するとき、すかさず留保をつける。「でもそれが私の好みにぴったり合うかどうかはわかりません。現代の女性が着ると、いささか時代錯誤な衣装になるのではないでしょうか〔……〕」(*id.*〔同〕)。語り手はむろんのこと、ヨット衣装や海辺での服装について、あまりにも素朴なエルスチールの好みを共有しない。しかし語り手がそれらよりも歴史の重みを持った布のほうを好むにせよ、それでもやはり、古いものの模作や複製や模造品の冷たさ——「古いものを忠実に再現していながら大いに独創的」(III, 369.〔第一一巻、四〇五頁〕)であるフォルチュニの作品がまさに回避するところ——には警戒している。

こうした言い回しは、プルーストが自分のものでない作品を称賛するときに常にそうであるように、プルーストの企て、少なくともその手法を表している。なぜなら、彼がわれわれには周知の名人芸(「ルモワーヌ事件」〔プルーストの初期作品で『模索と雑録』に収録〕)のなかの文章だけでなく、『失われた時を求めて』の内部でも(*)で模倣を行うとすれば、それは皮肉混じりにその限界を示し、ある文体の欠陥を明るみに出すためである。セヴィニエ夫人の「おしゃべり」や、シャトーブリアンやサン゠シモンの『回想』や『千一夜物語』の東洋、ラシーヌの韻文、ネルヴァルの無意志的記憶を正確に思い出せる忠実な読者たるプルーストは、こうした手本から学んだことを混ぜ合わせつつ、それらを超越し、彼が再発明する小説の技法を極め、不純かつ充満したジャンルにするのだ。

つまり、もしもフォルチュニのドレスがこれほどまでに彼に憧れをかき立て論評へと誘うならば、それはまた、ドレスが不死鳥で飾られていてもそうでなくとも、「灰のなかから出現して蘇る」からである。しかるに、「サン゠マルコ大聖堂の丸天井に示されているように、またビザンチン式柱頭で大理石と碧玉の甕から水を飲み、死と再生を同時に意味する鳥たちが告げているように、すべては再生する」(*)(III, 368.〔第一一巻、四〇二頁〕)。フォルチュニのドレスは、再発見されたルネサンスから着想を得ている以上、『失われた時を求めて』のイメージそのものである。別の言い方をすれば、記憶と芸術の、二重の復活のイメージである。

『失われた時を求めて』の語り手がほぼ完全に隠遁している想像上のサロンにおいて、身体は装飾ほどには物を言わず、それに代わって語るのは物神化された衣服である。そういうわけで、同一のドレスが、ひとりの女から別の女へと、遠くから思いを寄せる通りすがりの女から、自ら選んだ囚われの女へと、渡っていくことが可能となる。なぜならわれわれは、見覚えのある仕草や借り物の言葉を用いて、模作をするがごとくに愛するのだから。

互いに見分けのつかない花咲く乙女たちのグループからアルベルチーヌが浮上し、マルセルの部屋に囚われの女として暮らしにやってくるとき、恋に夢中の彼は、ゲルマント公爵夫人に助言を求めに行く。彼はボンタン夫人の姪〔アルベルチーヌ〕のために公爵夫人と「同じ類の衣装」――血の花、燃えるルビー――を、擬態の法則に従うと同時に、愛する欲望に屈して所望する。「あの若い娘につくってやりたいのは、きのうの朝、奥さまが着ておられたような毛皮のコートです」(III, 43.〔第十巻、九四頁〕)

それは類似を追い求めること(今日の読者であれば、毛皮を着たヴィーナス〔マゾッホの小説のタイトル〕や、奴隷状態における幸福〔レアージュ『O嬢の物語』にジャン・ポーランが寄せた序文のタイトル〕が思い浮かぶだけになおさら、文学こそまさしくそうした類似に事欠かない)であり、その類似は、少なくともいっときは、もっとも卑近な現実との対峙を遅らせ、ものごとをその名で呼ばねばならなくなる時を先延ばしにする。しかし、毛皮が、それによって覆われているはずの女性の秘部を、拡大された細部のように曝け出すのと同様に、婉曲表現や隠喩（それはエロティスムを絶え間なき仄めかしに変える）がランの花の只中にジュピアンの「尻」を覗かせるごとく、『失われた時を求めて』の花と咲く会話は、その香りを振り撒くにつれてその純粋さを失う。「このあいだの夜は、変わった匂いのするガウンをお召しでしたね、暗い色の、綿毛に覆われたような生地の、斑点と金色の縞があるチョウの羽のような」と、しまいに語り手はゲルマント公爵夫人に尋ねる。「ああ、あれはフォルチュニのガウンですわ」（III, 43.〔第十巻、九七頁〕）

腐敗と洗練の混合――色彩が崩壊していくこの美は伝染する病であり、遠からずアルベルチーヌに死をもたらす。とはいうものの、フォルチュニのマントのおかげで、その遺体は蛹と化す——周知のとおり、彼女は、その屍衣が記憶の水に浮かんで沈むまえに、身体をもたぬまま、本のページのあいだで復活することになる。

だが、アルベルチーヌは、その蓮っ葉な振る舞いや、およそ歯に衣を着せないからこそ語り手を魅了したその言葉遣い——おかげで、「路面（トラム）」やら、「おんぼろ汽車（タコ）」やら、「チャリンコ（ベカヌ）」（I, 877.〔第四巻、五〇二—五〇三頁〕）やら、はては「ユダ公（ユパン）」（I, 881.〔第四巻、五一〇頁〕）について話題にできる——にもかかわらず、生きていたことなど一度もないのではないか。黒い縁なし帽の孤児は登場したときから喪の装いで、結婚の代わりに死を約束されている。「従順でひとりきり」、そして「重荷になる奴隷」（III, 371.〔第十一巻、四一一頁〕）となる彼女は、真実の愛の仮面というよりも、その不完全で一時的な化身にすぎず、あの「脳裏に棲まう人形」の代役であり、なんだかんだ言っても、彼女は他の娘よりそれに似ているのだ――「恋というものがいとも恐ろしいペテンである所以は、われわれを外界の女性とではなく、まずはこちらの脳裏に棲まう人形とたわむれさせる点にある。もっともその人形こそ、われわれがつねに自由にでき、わがものにできる唯一の存在である。想像力とほぼ同様の完全に恣意的な想い出がつくりあげたそんな唯一の存在が現実の女性と違うのは、夢みたバルベックが私にとって現実のバルベックと異なるのに等しい。そんな人為的につくられた女性に、われわれは現実の女性を無理やり少しずつ似せようとして苦しむはめになる」(II, 370.〔第七巻、七四頁〕)

なるほど、語り手は奴隷ではあるが、とりわけ、彼がアルベルチーヌを、フォルチュニの衣装が届くのを待ちつつ布地で包み込むとき、そしてアルベルチーヌをして「総督夫人やファッションモデルのように厳かに」(III, 370.〔第十一巻、四一〇頁〕) 部屋を歩かしめるとき、彼だけが取り仕切っているゲームの奴隷なのだ。言うなれば、そのときの彼女は、ショーウィンドーで見かける頭部のない女性か、もしくは語り手がのちに述べるように、彼が翼を切ってしまった勝利の女神像〔《サモトラケのニケ》〕に似ているのである。

しかし、想像力の苦しみを逃れるためにいくら記憶を切除したところで無駄であって、アルベルチーヌのマントは語り手にとり憑こうと戻ってくる。なぜならこの形見は、喪のオブジェというよりも、ヒロインの最後の抜け殻なのだから。同様に、段落を切り出し、細部を切り離し、ある場面を移動させて別の場面に結びつけ、三千ページをいくつかの引用に還元してしまう惑乱した読者の頭の中では、記憶がとある魔力の生贄になったかのように、書物とはその力が増大し続けるあら皮なのである。このような魔法にかかってはあとになってから驚くばかりなのだが、ロンドンから持ち帰った仔山羊の革の靴が自分の足にぴったりであることに驚くゲルマント公爵夫人と同様である――「どうしてあんなに金ずくめにできるのか不思議でしてね、まるで金の革みたいでしょう」(III, 43.〔第十巻、九六頁〕)

最終的にアルベルチーヌは、「ピンク色の裏地がついた青と金色の」部屋着を他のどれよりも好むことになるが、本当に選んだとはいえない。語り手の夢に同調する彼女は、ここでも彼に従っているのであって、なぜなら、フォルチュニの部屋着はヴェネツィアの影でしかなく、少し後に出てくるマントがそうであるように、布地であるのと同じくらい紡がれたメタファーなのだから。

「その部屋着には、ヴェネツィアのように、つまりスルタンの妃と同じく透かし彫りの石のヴェールの背後にすがたを隠すヴェネツィアの館（パラッツォ）のように、またアンブロジアーナ図書館の本の装丁のように、さらには死と生を交互にあらわすオリエントの小鳥たちを彫りつけた円柱のように、アラビアふうの装飾に覆い尽くされていた。その小鳥がくり返し（あるいは、草稿が示すように「互いに反映し合って」）描かれて鏡のようにきらめく布地の濃い青色が、私のまなざしがそこを進んでゆくにつれて、加工自在な柔らかい金の色に変わってしまうのは、ゴンドラが進むにつれて、眼前の大運河の紺碧色が炎のように輝く金属みたいに変化するさまを想わせた。そして両袖の裏地のチェリーピンクは、ティエポロのピンクと呼ばれる、とりわけヴェネツィアらしい色をしていた」（III, 394.〔第十二巻、四七二頁〕）

しかしながら、語り手はアルベルチーヌが未練とともに諦めていたドレスを注文する。その未練は、バルベックの女友達、アンドレや他の娘たちと少なくとも表面上は別れなければならなかったときの心残りと同じであり、女友達の存在は、アルベルチーヌが着ることはないであろう、それでも愛したであろうドレスによって想起される。そんなわけで語り手は、そのワードローブを、アルベルチーヌの色事に対するのと同じ嫉妬で見張り、ゴロとジュヌヴィエーヴ・ド・ブラバンの物語〔『失われた時を求めて』の語り手が幼年期に幻燈とともに聞く物語〕を繰り返す。これは青ひげの物語でもあるのだが、ただし血を流さずに殺すことを夢見る青ひげである。

語り手にとって愛とは、アルベルチーヌにとってそうであるのと同様に、断念を、他のものを捨ててひとつのものを選ぶことを意味し、彼らはまさにその点において決断を下せない。ゆえにアルベルチーヌは、幌をあげた車に乗ってヴェルサイユに向かう主人公に付き添うとき、これで最後になるとは彼らもまだ知らずにいるこの夜のために、「自分の部屋着を隠すにはフォルチュニのふたつのマントのうちどちらにすべきか――まるでふたりのタイプの異なる男友達のどちらを連れてゆくか」(III, 405.〔第十一巻、四九四頁〕)迷っているかのように逡巡してみせる。

　彼女が選ぶダークブルーのマント、永遠に飛び去ってしまったこのマントは、語り手をヴェネツィアへと運び去るのだが、そこに「オリエントの横溢している」さまは、アジア原産のミヤマキンポウゲや、リラ〔オリエント原産の灌木〕のなかの薔薇色の回教寺院風尖塔(ミナレット)すらあるメゼグリーズの草原のマントと同様のものだ。ホテルの部屋に籠もっていないとき、彼は『千一夜物語』の登場人物よろしく散歩する――彼はヴェネツィアをそぞろ歩き、『失われた時を求めて』を読むときのように、自分がどこにいるか分からなくなっては再び道を見出すのであり、アラジンのランプが幻燈に取って代わるからには、戻ってきたのは魔法にかけられたコンブレーなのだ——花開くゴシック美術は、庭や、住まいや、善良な人々や、かつて一杯のお茶のなかに現れた地方の教会にその輝きを投げかける——その地方の、彩色精密画(ミニアチュール)で飾られた眺望は、カルパッチョの年代記のなかに、彼の絵のなかに切り抜かれた窓に再びその場を譲るが、それらの絵はいずれも、潟(ラグーン)とオリエントが混ざり合う幻燈の着色ガラスなのであって、それは語り手の精神の内で、メロヴィング朝の夜がシェヘラザードの物語の背景となりうることと軌を一にしている。

毛皮商人の息子であったヴェネツィアの画家にプルーストが見出したのは、彼らがともに祝祭と衣装を好むこと、そしてあの名高いマントのモデルだけではなく、彼自身のそれに似た錬成であった——転調される借用、間接的な模倣、夢想の光、そして諸法則を無視した遠近法。それはステンドグラスの色によって引き立たせられた自然であり、構成と気まぐれの、紋章的正確さと個人的発明の混合であるが、なによりも、時空における目が眩むような接近を可能にするあの包括的視野なのだ。(*) そしてもしも語り手が、アカデミア美術館を繰り返し再訪する前に、一方では《聖ウルスラの伝説》の前に、他方では《リアルトの奇跡》の前に(語り手はこれを《グラドの総主教》と呼ぶのだが、絵画のタイトルというものは、推定される作者と同様に変わりうることをわれわれは心得ている)立ち止まるとすれば、彼の物語の時間それ自体が、伝説の偶然性と奇跡の瞬間性のあいだ、記憶のゆっくりとした先導と見出された時の魔法のあいだで引き裂かれているからである。

カルパッチョは一連の聖ウルスラの絵を一五〇〇年ごろに制作した——サントルソーラ同信会（スクオーラ）の壁を飾ることになる八幅は、翻訳されたばかりのジャック・ド・ヴォラギネの物語に沿って聖女の生涯をなぞるものだった。大使たち（彼らはあるイギリスの王子のためにウルスラに結婚を申し込みに来たのであった）の到着、出発、そして帰還は、ブルターニュの宮廷を舞台にしているものの、帆やゴンドラや狭く盛り上がった橋や、人々がごった返すバルコニーや、貴族たちの服装や、ルネッサンスの建造物は、あからさまにヴェネツィアを連想させる。婚約者たちのめぐり遭いや、（ウルスラが洗礼を受けることになるローマに向かう）巡礼への出発、同じ画布に描かれた異なるエピソード群（船旗が翻るマストのほかは、画家がそれらのあいだに境界線を引く必要を感じておらず）は、空間がまさに時間と結合している印象を与え、その印象は、ロードスとカンディア〔ヴェネツィア領クレタの首都〕のそれとおぼしき要塞のあいだで、あらゆる不幸を予告している「malo」〔イタリア語、ラテン語で「悪い」〕の黒い文字が帆の裏側に透けて見えることで強調されている。ローマへの到着、そして真紅のマントを羽織った一般信徒の男に付き添われた教皇との謁見は、またもや夢の光によって照らされている――この夢の間にウルスラは天使の訪問を受け、殉教の宿命を知らされる。それからたちまち天はかき曇り、構成はゆらぎ、一万一千人の処女たちを伴ったケルンへの到着のあとには、聖女の葬儀しか続かない。

これらのエピソード（時系列に従って制作されていない）のなかから、プルーストは、そもそも同じ画布に描かれているとはいえ、殉教と葬儀を独立させている。そして、周りの人々のなかからは、祈りを捧げている女性を。彼女が暗い色で装い、右手に座っているのは、死者を生者と混在させることを禁じる伝統に従っているためだ。画家によって寄進者の妻がこのような姿勢で描かれたわけなのだが、彼女はプルーストによってサン＝マルコ大聖堂に移され、語り手の母となる――「礼拝堂のことを想い出そうとすると、いまや私にはどうしても無関心ではいられないことがある、それは私たちがゴンドラをピアッツェッタの前で待たせているあいだ、聖ヨハネがキリストに洗礼をほどこしているヨルダン川の水を眺めていたとき、ヴェネツィアではカルパッチョの『聖ウルスラ伝』に見られる年配の女性のようにうやうやしく熱意をこめて喪服に身をつつんだ女性が、このひんやりした薄暗がりのなかで私のそばにいたということ、さらに頬は赤く、目は悲しげで、黒いベールをかぶったこの女性、サン＝マルコ洗礼堂の穏やかな薄明かりの射すこの聖域からどんなことがあっても私が連れ出すことはできず、まるでモザイクのようにそこに変わらぬ席があるのだからそこへ行けば確実に会えることがわかっている女性、それはほかでもない私の母だということである」（III, 646.〔第十二巻、五一〇頁〕）

語り手の記憶に嵌め込まれたこの女性は、したがって、「わが心のヴェネツィアの「ピオンビ」〔ドゥカーレ宮殿の鉛の天井の下に設置されていた牢獄〕」（III, 639.〔第十二巻、四九二頁〕）のなかのもうひとりと同様に、完全に死んでいるわけではない。美術館の墓地のような雰囲気や、教会の暗さのなかで、乾燥と、年月の経過に伴うひび割れがあるにせよ、少なくとも、絵画の塗料の下にあって、彼女は肉体の腐敗から逃れているのだ。

愛の防腐処置、そして芸術という飾り立てられた牢獄を免れることになる唯一の女性とは、語り手にその十七歳の瑞々しさでアルベルチーヌを忘れさせる庶民の娘であり、ガラス製品店の売り子の娘であり、「手に入れておくべき本物のティツィアーノ」(III, 640.〔第十二巻、四九五頁〕)であると思われたのである……もしもまだ彼の財産がそれを可能にしてくれたのならばの話ではあるが。

フォルチュニの秘密、つまりルネッサンスの手法による製造の過程は、『失われた時を求めて』のヴェネツィアの挿話の中で、別のある秘密を少しずつ開示してしまう記憶のスクリーンの役割を果たしている。しかるに、その秘密は、語り手がそれを見ることに同意するや否や、盗まれた手紙のようにあからさまになっており、カルパッチョの他の絵画、すなわち、《本物の聖十字架の破片によって悪魔に憑かれた男を治療しているグラドの総主教》のなかに曝け出されているのだ。

語り手もまた憑かれている——彼が死んだと信じているアルベルチーヌに、息を吹き返し始めた愛に、消えたマントを再び目にする瞬間からでなければ追悼することができない愛に。宗教的な次元から世俗的な次元まで、世紀やジャンルをまたいで、それは永続する同一の物語であり、それはまるで、その真実が常に同じように必要であるかのようである——ひとつの聖遺物による治癒の物語。

カルパッチョによって表象されたヴェネツィアの生活情景（剃刀を拭う理髪師や、樽を担いだ一人の黒人や、会話を交わすイスラム教徒たち……）に視線を泳がせたあとで、語り手は心に「軽い苦痛のようなもの」を感じるが、すぐにそれがどこからやってくるのかがわかる――「袖や襟首に陽気な同信会の紋章が金と真珠の刺繍で縫いつけてあるのでそれとわかる、カルッァ同信会員のひとりの背中を見ているうち、アルベルチーヌのマントにそっくりだと気づいたのだ。それはアルベルチーヌが私といっしょに幌をあげた車でヴェルサイユに出かけたときに着ていたマントだった。その晩には、わずか十五時間後にアルベルチーヌが私の家を出てゆくことになろうとは、夢にも思わなかったのである。［……］ところがヴェネツィアの生んだ天才が、このカルパッチョの画からくだんのマントを借用し、このカルッァ同信会員(*)の肩からそのマントを取りあげ、多くのパリの婦人たちの肩にかけたのである。もとより婦人たちは、これまでの私がそうであったように、そのモデルがヴェネツィアのアカデミア美術館の一室に展示されている《悪魔に憑かれた男を治療するグラドの総主教》の前景に描かれた貴族の一団のなかに存在するとは知るよしもなかった」(III, 647.〔第十二巻、五一七―五一九頁〕)

フォルチュニのマントはアルベルチーヌの亡霊なのだが、この亡霊とはある男の亡霊、若くてエレガントな男、ほかの多くの男たちに続いて、女性化された男たちの長い列に加わった男である。すなわち、シャルリュスの声のなかの「許婚の娘たちの合唱隊」および「若い娘の一団」(I, 764.〔第四巻、二七一頁〕)に続いて、半ば正体を明かしている妙なあだ名をつけられたジュピアンに続いて、父親の面影が見出される「白テンの裏地の真紅のサテンのガウンに身をつつんだ医学部教授」(*)に続いて、そしてとりわけ司祭がオクターブ夫人を相手にコンブレーのステンドグラスの中に示す「黄色いドレスを着たご婦人」――別の呼び方では聖イレール(Saint-Hilaire)もしくは聖イリエ、聖エリエ(Hélier)、もしくは地方によっては聖イリー（Ylie）であると、コンブレーとその周辺についての書物（プルーストの壮大なプロジェクトの地方版）を準備中の司祭は説明する。その司祭の語源学への情熱は、固有名詞の詩学をパロディ化した、その笑止な形態である。しかしながら、その博識ゆえに、彼は、おもしろがるユーラリーに振り向きざまにこう付け加える。「いずれもサンクトゥス・ヒラリウスがさまざまに訛ったものです。福者の名前に生じた訛りとしてはとくに珍しい例というわけではございません。たとえば、ユーラリさん、あなたの守護聖人のサンクタ・エウラリアなどは、ブルゴーニュ地方でどうなったかご存知ですか。ただもうサン・テロワっていうだけなんです。つまり男の成人になってるんですな。わかるかな、ユーラリさん、あなたが死んだら男にされちゃうようなもんです(*)」（I, 105.〔第一巻、二三八頁〕）

実際には、これらの登場人物たちはいずれも「カルツァ同信会」のそれよりも大規模な「お仲間」に属しており、ユダヤ人と同時に同性愛者も指し示すがゆえにシャルリュスを震え上がらせたこの言葉が、カルパッチョを巡って立ち戻ってくることにわれわれはほとんど驚くことがない。「お仲間」は、物語を発展させ、物語に解釈が踵を接することを可能にする二重の意味をもつ語のひとつにほかならない。あまりにも凝った字体のアラベスクのために、ジルベルトが結婚を知らせている手紙の署名をアルベルチーヌの署名と混同し、彼女が蘇ったのだと勘違いしてしまった語り手のように、単純な読み間違いによっても曖昧さが生じうるものと同様に。「人は読みながらいい加減な見当をつけ、創作さえするのだ。すべては最初の思い違いからはじまる。そうなると、それに続く多くの思い違いなど（これは手紙や電報を読むことにとどまらず、またあらゆる読む行為にとどまることではないが）、出発点を同じくしない人にはどれほど異常に見えようとも、当然のことにすぎない。われわれが頑固に、しかもそれに劣らず誠心誠意信じている大部分のことは、最終的な結論に至るまで、発端をとり違えたことから生じるのである」（III, 656.〔第十二巻、五三九頁〕）

読むことは間違えることにもなりうるが、装いを借りることでもある。読むこととは、孔雀の羽根で自らを飾ることなのだ。

フォルチュニのマントの物語は、ガウンやドレスばかりでなく、ありのままでは見まいとされる真実にも及び、さらには『ろばの皮』の不幸なヴァージョンとしても読まれうる。ペローのおとぎ話では、王の娘は、父の近親相姦的な求愛から逃れようとして、名付け親の助言のもと、父にこう懇願する。

## 時間の色をしたドレスを

プルーストの読者にとっては、このたった一行の簡潔さが、『失われた時を求めて』の透明性、ほかのなによりもドレスに喩(たと)えられるこの書物の冒頭部で、語り手の最初のまどろみに現れるようなモチーフを集約している。ペローが韻文であらわしたおとぎ話の中で、夢の衣服は二日足らずで届けられるのだが、その仕立て屋を、フォルチュニの空想上の祖先だと考えたくなってしまうのは、問題のドレスがアルベルチーヌのドレスのように青と金だからである。

蒼穹の最も美しい青といえども
金色の大きな雲の帯を巻かれた時は

これほど青くはありません。

そして、月の色のドレスと太陽の色のドレスが到着すると、その試着のあいだ、王は娘を手中に収めてこそいるが、手出しするまでには至らない。アルベルチーヌも同じように語り手の囚われの女であり、語り手は、新しいドレスが届かない限り、彼女が逃げ去ることはできないと自分に言い聞かせて油断している。しかし、ある夜、囚われの女は逃げ去る女と化す――姫君がろばの皮をかぶって（このようにして父親の財力も男らしさも無効にした上で）逃げ出すように、アルベルチーヌはフォルチュニのマントを持ち去る。

ろばは、生きていた頃には宮殿で最も目につく場所で二つの大きな耳をそばだて、毎朝「黄金の寝藁」にエキュ金貨を落としては拾い集められていたのに、死んでしまえばもはやごみでしかない。その皮を身に着けた、垢まみれの姫は、外見と名前を変える。「ろばの皮」が下女として雇われるのに対し、語り手の頭のなかでは、アルベルチーヌも同じような運命を辿る。その貴重なマントを奪われるか、あるいは、結局は同じことだが、マントが力を失ってしまうと、彼女はもはや「すでに太って男まさりになった娘のすがた」でしか現れず、「その花のしおれた顔にはすでに種のようになったボンタン夫人の横顔が浮き出ていた」(III, 643.〔第十二巻、五〇二頁〕)。

知られているとおり、このおとぎ話は幸せな結末を迎える——王子が、王女のとても細い指にしか嵌らない指輪を見つけ出し、王女は父の求愛から身をかわして運命の人と結ばれる。それまでの間、日曜が来るたびに、台所での下働きと豚の世話を終えると、彼女はこっそりと、かつての身分を思い出させてくれるドレスに袖を通す。

悩みといったらただ一つ、引きずるほど長い裾を

狭すぎる床の上に拡げられないこと。

『失われた時を求めて』においてこだまを返すのは、カルパッチョの絵画に描かれた男の肩にアルベルチーヌのマントを再び見出すときに、勝ち誇ってもいれば幻滅も感じさせる調子で語り手が漏らす言葉である――「私がすべてを悟り、忘れていたマントがその夜アルベルチーヌとヴェルサイユへ出かけようとしていた男の目と心をいっとき私にとり戻してくれたので、わが心にはしばし欲望と憂愁のいりまじった感情の波立ちが押し寄せたが、それもやがて消え去

った」（III, 647.〔第十二巻、五一九頁〕）

このマントに、語り手はすぐさま、アルベルチーヌの部屋着、彼の欲望をかき立てたナイトドレスを見出したに違いない。ドレスの青いふちは彼女の顔に空をもたらし、そして、服を脱がせなくともわかるように、「その腹は（男なら壁から取り外された彫像になおも残る鉤釘のように醜くなった場所が隠されて）、腿のつけ根で二枚貝の貝殻のように閉じて、その曲線は太陽が沈んだあとの地平線のアーチのようにまどろみ、心身を憩わせてくれる修道院を思わせた」（III, 79.〔第十巻、一七一—一七三頁〕）。喇叭（らっぱ）状の花冠が床に触れるフォルチュニのドレスはといえば、アルベルチーヌの変身——花の娘にしてセイレンであったあと、ヴェネツィアにて袋の中に象徴的に縫い込まれ、沈められる——を要約している。

しかしながら、『失われた時を求めて』において愛は喪の色をしており、ゲルマント邸での舞踏会はカーニヴァルと同じように死の舞踏を連想させるとしても、語り手はそれでもはやはり、魔法をかけられた読者たちの輪の中で手渡されていく見えざる金の指輪を見出しはするのだ。経験という卑しい扉と想像力という金色の扉を出たり入ったりする者たち〔ヴィルパリジの名は経験の扉から、ゲルマントの名は想像力の扉から主人公のもとにやってきたため、彼には両者の親族関係は受け入れ難い〕。ヴィヴォンヌ川の流れを、その快楽の水源まで、地獄の入り口まで遡る者がいれば、発音の欠陥や希望なき接吻から、唇にもともとある欠陥を確認する者、物語の糸が筋に戻されるときに失望したりする者もいる。彼らは、コンブレーの代わりに別の田舎を、別の部屋を、別のリラを置き換え、言い換えては脱線し、模倣しては注釈することで、自身でも書くことに介入する、記憶のマントを針孔に通しながら。

# 裏返されて仕立て直された衣服

プルーストの書物は、いちどに全てを言い尽くそうとする文章、おとぎ話に予言、過去の奥行き、現在の嘘、ノアのマントのように全てを覆い尽くす記憶によって、豪華絢爛で貴重な衣装に似ている。壮麗で、もはや人の形をしていないにもかかわらず、時間のように裏返る衣装――なぜなら「われわれが人生の後半であらわす性格は、初期の性格が発展するか衰退するか、肥大するか弱小化する場合が多いとしても、かならずしもそうなるとはかぎらない。ときに正反対の性格が生まれ、まさに衣服を裏返して仕立て直したような事態も生じる」(I, 434.〔第三巻、二八頁〕)。こうしたメタファー(*)は、シャルリュスの男色趣味やその他多数の登場人物の倒錯を説明してくれそうであるが、それだけでなく、マルセル・プルーストの変身を――別の言い方をすれば、社交界の人間、スノッブ、「愚かな若輩」(III, 200.〔第十一巻、二七頁〕)であった人物が、いかにして「死によって解放されるのを待ちながら、鎧戸を閉ざして暮らす奇妙な人間」となり、「いくらかはっきりとものが見えるのは闇のなかだけ」(II, 982.〔第九巻、三〇二頁〕)になったのか、この世紀においてただひとり、文学を真の神秘主義にするに至ったのかを説明している。

この冒険を共にする読者が、もしもアルベルチーヌのマントを裏返すことを考えたならば、アラベスク模様や花が目白押しになっている綴れ織におけるように、オリエントへの仄めかしという金の糸が筋立ての中に輝くのを見る。ひとたび書物を読み終えてからこの糸を辿ることは、コンブレーのプチ・フールの皿の上に描かれたアリババやアラジンを想起することに等しい。妖精たち、女神たち、天上の美女（ウリ）たち、ペルシアの天国のあらゆる超自然的な創造物のことを。生きてはいないように見えるものたちをめぐる妖精譚や、アラビアのおとぎ話における布地の箱のことを。バグダットのカリフに扮したシャルリュスと、夢のなかでトルコ帽を被ったスワンのことを。(*)オリヤーヌ〔ゲルマント公爵夫人の名〕という名前と、バルベックという地名のことを。瓶に閉じ込められた中国の姫君のことを。パルム大公夫人宅での影絵のことを。エルスチールの絵画における日本の影響のことを。ヴェルデュラン一行の小アジアへの旅のことを。ゲルマント邸の玄関マットに重なるヤシの木と回教寺院尖塔(ミナレット)〔「私としてはまるで沖合から（岸辺にたどり着けるとは決して期待せず）、前方の回教寺院尖塔や、最初に目につくヤシの木や、異国の産業や植生でも眺めるように、対岸の擦りきれた玄関マットに目をとめて心を震わせていたにすぎない」（第五巻、七一頁）〕のことを。エジプトの『死者の書』における、他界した人々の「生き写し」のことを。ヘブライ人たちの紅海横断と彼らが目にした光輝く円柱のことを……。

精神的な光（あれらの千一ものモチーフとともに、カバラの数字や出生の際に投げられるサイコロのように、代々受け継がれてきた、語り手の記憶よりもさらに古い記憶をも照らし出す）に照らされたこの背景画、まだわれわれにも見出すことが可能なあの「失われた時」よりも遠い過去、別の大きさの星が光り輝く宇宙には、エステルの衣装とシェヘラザードのヴェールが浮かび上がる——すなわち、一方には宮廷の豪奢、祝祭の大いなる日、そして一民族の波乱に富んだ歴史、他方では、孤独なヒロインが、死によって途切れそうになる話の糸を毎晩結び合わせていく。

なぜならオリエントは、『千一夜物語』のオリエントと、ユダヤの物語のオリエントに、ペルシアとパレスチナに分断されているからだ（ゲルマントとメゼグリーズの二つの側に分断されているコンブレーのように）。しかし、二つの側を統合する道、かくも探し求められた道とは、亡命の道なのである――バビロンに強制連行されたユダヤの人々の亡命、次いで、『旧約聖書』の終盤、「エステル記」において主要なエピソードが語られる、アハシュエロスの帝国における日々。

アハシュエロスはクセルクセスの別名であり、聖書におけるアハシュエロスは、どうやらダリウスの後継者のことらしい。その治世第三年に、インドからエチオピアまでひろがっていた王国の首長の面々や家来のために、彼は百八十日にもおよぶ宴を催した。それから、王国にいる異国の人々のために、スサの庭にてさらに七日間の宴をひらいた。「大理石の柱から柱へと紅白の組み紐が張り渡され、そこに白と紫の幔幕が一連の銀の輪によって掛けられていた。斑石、真珠層、黒曜石を使った敷石の上には、金と銀の長椅子が並べられていた。酒を供するための金の杯が一つ一つ趣を異にし、王室用のぶどう酒が惜しげもなく振る舞われた……」(「エステル記」一章六節〔新共同訳〕)。酒宴の終わりに、クセルクセス王は、宦官たちに命じて、王妃ワシュティを「その美しさを高官および列席する民に見せようと」召し出そうとした。しかしワシュティはこのように皆の視線に晒されることを拒んだため、王は賢者たちの助言を聞いたのちに、彼女を離縁する。

その後、「純潔で見目麗しい」若い娘たちが、クセルクセス王のために、スサの城塞に集められた。その中にエステルがいたのだが、彼女は孤児で、叔父にあたるモルデカイによって育てられたのであった。聖書によればモルデカイは「ベニヤミン族の家系」であり、ネブカドネツァル王によってエルサレムからバビロンに連れてこられた。エステルは、一人身でいたクセルクセスの寵愛を得たものの、「モルデカイに命じられていたので、自分が属する民族と親元を明かさなかった」（「エステル記」二章十節）。

エステルがクセルクセス王のもとでワシュティ女王の後釜に座るのとときを同じくして、クセルクセス王はハマンという男を引き立てるが、この男はユダヤ人たちの敵であり、モルデカイは彼の前に跪くことを拒む。ハマンは老人をひとり討つだけでは満足せず、ユダヤ人を「十二の月の十三日目に〔新共同訳では「アダルの月の十三日に」〕、一日で」（「エステル記」三章十三節）全員殺すことにする。モルデカイはその知らせを聞くと、衣服を裂き、粗布をまとって、屈辱と喪のしるしとして頭から灰をかぶる一方、エステルには、自分の民族のための寛大な処置を王に嘆願するようにと伝言させた。

ある晩、クセルクス王は眠れないので、エステルが王国の年代記を読み上げたところ、そこには、少し前に王に対して企てられた陰謀についてモルデカイが通報したことで王を守ったと記されていた。そしてエステルは王に、自分の出自と共に、ハマンの不吉な企てを伝え、ハマンは最終的にモルデカイの代わりに吊るされた。

これらはユダヤ人たちが「プーリーム（Pourims）」（Pourというのは運命、つまりこの場合には、ハマンによってもたらされた悪い運命である）のあいだに祝う出来事であり、ラシーヌが最晩年に書いた二編の戯曲のうちの一編の着想源となって、それはマントノン夫人の〔宗教学校であるサン＝シール学院の〕寄宿生たちによってはじめて上演され、『失われた時を求めて』で繰り返し引用されている。それは扱われる題材のためであり、すなわち、その背景や衣装にも起因するのだろう。とりわけ、もしもプルーストがラシーヌの以下の文章を記憶していたのだとすれば――「ここで注意しておきたいのは、『エステル』には男性の登場人物がいるにもかかわらず、これらの登場人物は少女たちによって、その性別に求められる作法の範囲内で終始演じられた、ということである。このことは、古代のペルシア人やユダヤ人の衣服が床までつくほど長い衣だっただけになおさら、彼女らにとって容易いことであった」

古代の物語や彼自身の社交界の思い出から引き出し、自身のために行う上演を前にしながら、『失われた時を求めて』の語り手はあたかも、まだ入場したことがないものの、その輝かしくも曖昧な演目（『王冠のダイヤモンド』のきらきらと輝く白い羽根や、『黒いドミノ』の滑らかで神秘的なサテン）から「一方にはまばゆいばかりに誇り高い作が、もう一方にはやさしいビロードの光沢のような作」(I, 73-74.〔第一巻、一七二頁〕)を思い浮かべるコメディー・フランセーズ劇場の広告を前にしているかのようだ。いうなれば語り手は、社交遊戯の観察とより内密の感情の追憶、昼の栄光と夜の魅惑のあいだで逡巡するわけだ。東洋と西洋とは、ルネサンス期にヘルメス思想家たちによって発明され、記憶の場所(Cf. Frances Yates, *L'art de la mémoire*, Gallimard, Paris, 1975)に他ならなかったあの「劇場」におけるがごとく、世界という舞台に到達するべく、別々に開かれた二つの扉なのである。ヘルメス思想家たちの挿絵入りの難解な書物を辿りながら、われわれは、白い扉の前で魔法の草を摘む語り手を、赤い扉の前で兄弟を殺す語り手を想像する。この殺人は、ほとんど偽装されてもいない父殺しであるが(プルーストの弟は、父と同様に医者だったのだからなおさらである)、まるで旧約聖書と同じ頃にまで遡りそうな時代に、冒頭の小楽節よりも前にそれが起こったかのように、それについて何の言及もないことは事実である。父の方はといえば、少なくとも一度は「アブラハムの仕草」をしたとはいえ、「神経痛に悩まされて以来の、頭のまわりに巻きつけた紫色とバラ色のインド産カシミアの肩掛け」（I, 36.〔第一巻、九一頁〕）を直すためにすぎなかった。

『旧約聖書』は『千一夜物語』とならんで、その写本が『失われた時を求めて』のどのページにも透けて見えるように思われる東洋の偉大な書物である。したがって、オリエントは魔術と伝統に、空飛ぶ絨毯と約束の地に分裂している。しかし、プルーストによって頻繁に参照されたのは掟の板であるよりも、むしろソドムとゴモラであり、ユダヤの物語が作中に居場所を認められたのは、ラシーヌ最後の二戯曲のおかげである。だからこそ、語り手は『エステル』と『アタリー』の詩行を一度ならず暗唱するのだ——たとえば、バルベックのグランドホテルがエルサレムの寺院に、そしてニッシム・ベルナール氏によって囲われた使用人が「合唱隊の若者」（II, 844.〔第八巻、五四二頁〕）になるときに。もしくは最初のバルベック滞在の際に、暇そうにしている若いボーイたちが、プルーストにしかいわれの知れぬ遥かな類推によって、唐突にマントノン夫人〔ラシーヌの晩年の宗教劇『エステル』および『アタリー』は、マントノン夫人（一六三五―一七一九）が創立したサン＝シール女子学寮のために制作された〕の生徒たちに似てしまうときに（I, 706.〔第四巻、一五六頁〕）。これらの若い人々の脅かされた貞節はそのとき、『アタリー』でジョアドの出自がユダヤであると突然明らかにされるときのように、特定の登場人物たちの隠れた嗜好を明るみに出す。そういうわけで、

王は今日この日まで私が何者であるかを知らない。

というラシーヌの詩行がこの上なく両義的であるのは、『失われた時を求めて』においてふたつの「呪われた種族」(*)を示す「お仲間」という語が両義的なのと同様である。エルサレムとソドムは、聖書的東洋に属するという共通点があって、明言されたりはせず、見抜くかどうかは他者に委ねられている起源と嗜好を指す。少しずつ明らかにされることで仄めかされてきたことを一語にして集約してしまう無作法な物言いが、爆発の猛々しさをもって響き渡るそのときまで。

「ラシーヌ的儀式」(ニッシム・ベルナール氏であれば、「それがユダヤの儀式であれカトリックの儀式であれ」(II, 844.〔第八巻、五四二頁〕)同じ喜びを得たはずであるが)に立ち返れば、それは、プルーストがフランス文学の伝統にユダヤの物語を入れることを可能にする。そして、若きレビ人の合唱団や「シオンの娘たち」によって発せられるラシーヌの詩行は差し詰め、取り込むのに成功した例である。同種の例は、『失われた時を求めて』の冒頭において、コンブレーの教会の竪機織り（たてばた）のタピスリーにも見られる。そこではアハシュエロスがフランス王の顔立ちを、エステルはゲルマント家の貴婦人の顔立ちをしている。ユダヤの祖先とフランスの貴族を、オリエントの色彩とメロヴィング朝の夜を一体化させることで、プルーストは、もうひとつのタピスリーたる『失われた時を求めて』のモチーフのひとつを開陳している――二重の起源をただひとつの系統に混ぜ合わせること。

『失われた時を求めて』におけるユダヤ人たち（「もちろん同化していないユダヤ人たちの話で、それ以外の人は問題にならない」［II, 408.〔第七巻、一四八頁〕］）は、決まって東洋出身だ。言語、習慣、嗜好のせいで、彼らは好感の持てる人たちというより人目をひく存在となっており、それは、バルベック滞在のあいだ、その地方色ゆえに語り手を不快にさせたブロック一家についても言われているとおりである。「イスラエルの民(*)のバルベックにおける状況はロシアやルーマニア等の国々と等しく、地理の授業が教えるところによると、たとえばパリでのような厚遇も受けられず同化の程度も低いという」(I, 738.〔第四巻、二二〇頁〕)。つまり、ブロックとその姉妹の「密集隊形(ファランクス)」は、「自分たちだけの均一な行列をつくり、それを眺める周りの人たちからは完全に遊離している」(I, 739.〔第四巻、二二〇頁〕)。そしてブロックの大叔父であるニッシム・ベルナール氏は、「ダレイオス大王の宮殿から持ち出されてきたような」(I, 774.〔第四巻、二九四頁〕)顔をしており、これ見よがしなその「オリエント人の遺伝(*)」(II, 845.〔第八巻、五四五頁〕)のために「後宮」を好み、人前で「メスコレス〔聖書で「神のしもべ」を指す〕」(I, 774.〔第四巻、二九四頁〕)と給仕を呼ぶために言ったりするが、ふつうは家庭内の使用に限定されている暗号化された名称だ。

　ブロックが冗談の種にすると同時に、その犠牲者でもあるところの反ユダヤ主義（彼はアルベルチーヌを「不快にし」、「神経を苛立たせる」。それを彼女は、語り手が母親のキスの味をそこに再び見出したいと願うことになるその唇にのせて一語で要約してみせるが、そうすることで、彼の偏執狂的な、狂気すれすれの冒瀆への欲望をわれわれに思い起こさせる――「そうじゃないかと思っていたのよ、ユダ公(ユパン)じゃないかと。あんな卑しいマネをするのはだいたいあの連中だわ」［I, 881.〔第四巻、五一〇頁〕］）。反ユダヤ主義は、シャルリュスの妄想を構成する特性のひとつとなる。ブロックのなかに異邦人を見出し、ドレフュスが……ユダヤ地方を裏切らなかったことで無罪であると判定するだけでは飽き足らず、彼はユダヤの祝祭に招かれることを望み、割礼に参列し、ユダヤの歌に耳を傾けることを願う。なぜなら彼はそこに「サン＝シール女子学寮の生徒たちがルイ十四世を楽しませるために「詩篇」に基づくラシーヌの芝居を演じたような、聖書に基づく寸劇」(II, 288.〔第六巻、二五九頁〕)に立ち会う機会を見出し、もっとあけすけに笑うためにも「ダビデがゴリアテをやっつけたみたいに」ブロックと父親が闘うことを期待し、そしてブロックが「ヨーロッパ人でない女」たる母親ををぶん殴るところを想像する。彼は前もってこの「アジア帝王の残忍さを思わせる見世物」(II, 289.〔第六巻、二六一頁〕)に興奮を覚えるのだが、これは『失われた時を求めて』に頻出する冒瀆シーンの一つなのであり(父の肖像写真の前で女友達との放蕩に身を任せるヴァントゥイユ嬢を、そして娼館に流れ着くレオニ伯母の形見の家具のことを思い出そう)、この場合、異国趣味のタッチによってさらに増幅されている。

しかしながら、シャルリュスの熱狂が、詩的熱狂と性質を異にするというわけではないというのは、少なくとも、詩人が自分の理解できないことからインスピレーションを引き出す瞬間として詩的熱狂をプルーストが描き出している限りにおいては、そのとおりなのである。なぜなら、ブロックが母親（メール）を殴る場面は、どんなにおぞましくとも、同音異義語をも介して、「根拠なき光景」として、また、われわれにはそのいわれが定かでない美の好例としてすら語り手が紹介する別の場面に比較されるべきなのだから――「ダレイオスの息子クセルクセスが、自軍の艦隊を呑み込んだ荒海（メール）を鞭打たせたという行為ほどに詩的なものがほかにあるだろうか？」（III, 47.〔第十巻、一〇四頁〕）。同じイメージがこの少しあとにふたたび現れるのは、われわれが時折陥ってしまう盲目状態を表すためである――「解決することもかなわぬ一連の問題、クセルクセスが滑稽にも舟橋を呑み込んだ罰として鞭打ったという海のごとき存在になり果てるのだ」（III, 104.〔第十巻、二二六頁〕）

エステルは、『失われた時を求めて』において、シェヘラザードの想像上の姉妹である——アハシュエロス王にとってのモルデカイの姪と、シャフリヤール王にとっての宰相の娘は、部分的には類似した役割を演じている——その魅力、優しさ、機転によって、彼女たちは専制君主の離縁された妻の後釜に座り、彼に理性を取り戻させ、血生臭い狂気から、同類の女性たちを救うのだから。

エステル（ルイ十四世の同時代人たちに合わせて、カトリックの美徳を備えたユダヤ女性）のドラマは、『囚われの女』の巻の一部の発想源となっている。とはいえ、結末は違っている——聖書のヒロインとは逆に、一度使われた呼び名を借りれば、アルベルチーヌ＝エステル（III, 99.〔第十巻、二二二頁〕）は、「ラシーヌの描いたアハシュエロス」と化す語り手と、その「ペルシアふうの厳しい掟」（III, 126.〔第十巻、二七五頁〕）の犠牲者なのであるが、この掟は彼自身にも翻って悲劇をもたらすことになる。しかしながら、修道院でラシーヌの戯曲を演じたアルベルチーヌが(＊)、まるでその運命が文学的伝統によって、語り手の一家でならわしになっていた引用によって定められていたかのように、いくつかの節を暗唱すらできるにせよ、エステルの幸福な運命は経験できない。シェヘラザードの運命に至ってはなおさらであるのは、語る人間の役割がもっぱら語り手に委ねられているからで、彼はそのことにまだ気がつかないふりをしている。

しかし、子供時代のある夜に、『失われた時を求めて』の語り手は、自身の傍にシェヘラザードを見る。眠っているうちに身体のあれやこれやの姿勢から生まれた女性ではないのはこの時かぎりのこと、フランソワーズによって急いで整えられた大きなベッドで音読をしてくれる母親を。これはマドレーヌのエピソードと並んで、『失われた時を求めて』における最も名高い箇所である──語り手から母の接吻を奪ったスワンは、語り手の家族と夕食をとっていた庭から去ったばかり。しかし、この夜は、欲望の実現を諦めることができず、フランソワーズの無言の非難と一度目の計略の失敗にもかかわらず、父親から予想される禁止や、家族の方針、このように母親がほだされるよう仕向けた自分を恥じる気持ちにもかかわらず、語り手は、策略と脅しによって母親を自分の部屋に引き寄せ、そこで一度、たった一度だけ、母親の傍で眠るだろう。しかしその前には、息子の神経の発作を鎮めるために、母は息子のために朗読を始める。母が読むもの（語り手が翌々日の誕生日に受け取ることになっていた、ジョルジュ・サンドの四冊の小説のうちのひとつ）よりも、彼女の読み方、不安を鎮め嫉妬を慰めるその声の方が重要なのだ――この声は『失われた時を求めて』における音楽そのものであり、永遠に続く頭韻のように響く。それについての描写は、マルセル・プルーストの散文について書きうる最も優れたもの、なによりも最も正確なものでもある。「その声から注意ぶかく卑小な気取りはすべて排除し、そこに力強い流れが入り込むよう工夫したうえで、まるで自分の声のために書かれ、すべてが自分の感受性の音域におさまるように感じられる文章に、その文章が求める自然な愛情と、豊かで優しい気持ちをたっぷり注ぎこんだ。文章をふさわしい口調で読むにあたり、言葉では示されていないが、文章が生まれる以前に存在し、その文章を書き取らせたはずの温情あふれる調子を見出したのである。その調子のおかげで朗読中の母は、動詞の時制にありがちな乱暴なところを和らげ、半過去と定過去に、善意に含まれる優しさ、愛情に含まれる憂愁を注ぎこみ、終わりかけの一文をつぎに始まる一文へと導き、シラブルの進行を早めたり弛めたりしては、長さの異なるシラブルを単一のリズムに吸収し、このごくありふれた散文に、いわば情感あふれる持続的生命を吹きこんだのである」(I, 42-43.〔第一巻、一〇七―一〇八頁〕)

このたった一夜が、のちになって訪れる千もの別の夜に似るであろう。そうした夜のあいだにプルーストが聞いている声は、もはやイリエのジャンヌ・ヴェイユ〔プルーストの母〕のものではなく、包み込むように、母性的になった音として響かぬ声、全てを覆い尽くしてしまうに先立って、昼間は黙している声――彼が語り手に言わせているように、自らに喜びを与える彼自身の声なのだ。

語り手の母が音読をしたコンブレーの夜、シェヘラザードのこの清らかなる化身は、卑猥だと判断した箇所を読み飛ばす。愛の場面を飛ばすことによってジョルジュ・サンドの物語を不明瞭にした（この不明瞭さは当初、「シャンピ」という名前のみに由来しているように思われた）一方で、彼女は子どもの想像力をはばたかせ、徐々に際限がなくなっていく好奇心を覚醒させたせいで、彼の物語が続いている間ずっと、あかたかも自身が観察している場面の片隅に身を潜めているかのような印象、登場人物の愛の進展と彼らの仮装に絶えず目を光らせ、田園小説におけるある粉挽きの妻とひとりの子どもの関係などより刺激の強いある秘密をいまにも見破ろうとしているかのような印象を与えてしまうほどだ。

そういう次第で、『フランソワ・ル・シャンピ』には二つのヴァージョンがある。原作者によるヴァージョンと、「書いてある通りに読まない読者」(I, 42.〔第一巻、一〇六頁〕)によって削除が行われたヴァージョンである。それはちょうど、『千一夜物語』に二種類の翻訳があって、一方は他方より慎ましやかで、原文に忠実ではないのと同様である――この二冊の書物は、青年になった語り手が母の手から受け取るものであるが、母親は二番目に対するためらいを払拭できずにいる。「母はかつてコンブレーで私の誕生日に本をプレゼントしてくれたときのように、私を驚かせようと、ガラン訳の『千一夜物語』とマルドリュス訳の『千一夜物語』の両方をとり寄せてくれた。(*) しかしふたつの翻訳にざっと目を通した母は〔……〕私がガラン訳だけで満足してくれたらと願ったことだろう」(II, 836.〔第八巻、五二四頁〕)。このような留保の理由はすぐに推測できる——「いくつかの物語を読んでみて、主題が背徳的で、表現が露骨なことに憤慨した」ためである。

ほかにも二度にわたって(派手すぎる化粧が原因で姪と関係を断つとき[I, 433.〔第三巻、二六頁〕]、もしくは、尻軽だと判断した少女たちに対する母の「嫌悪感」[II, 423.〔第七巻、一八三頁〕]を知らされるとき)強調される母親の慎しみ深さが原因となって、語り手は、ほのめかしや、暗示や、合言葉(スワンとオデットのあいだの、かの有名な「カトレアをする」のごとき）などを嗜好するようになる。それらはいずれも内密の言語に属する記号であって、プルースト自身が解読しない場合、それらを翻訳するのは、マラルメを散文に置き換えるのと同じくらい穏当を欠く振る舞いにほかならず、——とはいえ、それは、『失われた時を求めて』——その混乱や沈黙が、かくも大きな幸福の源だった声と決定的に結び付けられている書物——を執筆する語り手に、知への欲望を、物事を思い浮かべ、自身にとって理解可能にしたいという欲望を同時に与えるのだ。

そのとき、キスの場面はその真の意味を発見される——語り手が毎晩、それによって生き返らせてもらいたいと待望していた唇は、彼に声の贈り物をしてくれたのだ。そしてもっとあとになってから、アルベルチーヌの唇に母の接吻の味わいを見出すことができず、「子供っぽい欲求」（III, 112.〔第十巻、二四〇頁〕）が満たされ得ないとしても、少なくとも、語り手は書くことで、彼のために朗読をしてくれた声を、彼が自らの人生の「あまりにも早く訪れた黄昏時」と美しくも呼ぶものの内に蘇らせることができる。本物の声ではなく、内的なものとなり、他のあらゆる声よりも真実の声であり、それは彼に全てを言うこと、世界のざわめきを彼の中で調和させることを可能にする。それは、物事を進める奇妙なやり方、挿入節、逸脱、類推、話の飛躍などの助けを借りることによってであり、われわれをして同じくらいの幸福と共に、あからさまな断絶なしに、ひとつの物語からひとつの警句に、無駄話から引用へと移らせてくれる。つとにモーリス・バレスは、「門番部屋のペルシア詩人」〔正確には、「管理人部屋のペルシア詩人」〕だと言っていた。これはウンベルト・サバによる『失われた時を求めて』についての定式を補完する――「散文詩にまで高められたゴシップ」

力強い流れと絶えざる生によって支えられているかかる散文において、無意志的記憶は、韻文詩における韻と同様の役割を担う。予告なしで、または別の外見のもとに舞い戻ってくるある種の出来事は、「ひとつの脚韻が、直前の脚韻と似ていながら別のものたらんとし、直前の脚韻に誘発されながら新しい想念の変奏を導入する」(II, 51.〔第五巻、一一五頁〕)ことに似ている。なぜなら、プルーストがバルザックの作品の中に人物再登場法を見ていたとすれば、詩作品、とりわけラシーヌやネルヴァルの詩作品の中に聞き取っていたのは、程度の差こそあれ音響的なこだまであり、距離を隔てた応答だったからである。

オリエントはといえば、『失われた時を求めて』全編を通して、それは内的な韻であり、金色の線の入った窓であって、それを透かして語り手は(オデットが浮気しているところを覗き見ようとしたり、エルスチールの《ミス・サクリパン》のためにポーズを取っていた頃の、放蕩三昧だったかつての素性を見破ろうとするスワンのように）自分自身の不在と、何も知らずにいるくらいなら想像することを好む快楽を不意打ちにする――「事態がはっきり想いうかぶと、心が鎮まるんだ」（I, 365.〔第二巻、三八八頁〕）。しかしながら、その時、そこから光のやってくるオリエントが、彼の知りたいという欲求と愛したいという欲望を無慈悲な光の下に晒すのだが、それは、自分のいない世界を思い浮かべられなくする嫉妬が（同時に、死後の生への欲望をかき立てながら）、苦しみを終わらせる方法をも示唆し、そしてオリエントの「つくり話」（III, 146.〔第十巻、三二七頁〕）が、人は殺人まで犯すこともありうると教えるせいだ。だから、スワンのうちに歴史家になる使命を目覚めさせた嫉妬は、彼に「ベッリーニの描いたその肖像画が好きであったメフメト二世(*)――自分は妻のひとりに気も狂わんばかりに首ったけだと気付いて、妻を短刀で刺殺したのだが、ヴェネツィアの伝記作者がばか正直に記しているところでは精神の自由を取り戻すためだったという――を身近に」(I, 355.〔第二巻、三六九頁〕)感じさせるのだ。語り手が、『千一夜物語』でシャフリヤール王の傍らに控えていてもおかしくないこの人物についていくら皮肉ったところで無駄というもので、彼がヴェールの端をめくってみせるのは、これら遥かなるいくつもの前世のおかげなのである。

少しずつ語り手の声へと変わっていくシェヘラザードの声に比べて、他の登場人物たちの声は、わざとらしかったり調子はずれであったり、耳障りだったりあまりにぞんざいであったりすることが多く、眠っている者が早朝になって、深夜の夢よりも浅く、目覚めつつある生により影響を受けやすい夢の中、用心深い無意識のおかげで、眠り続けられるよう自らの言語に翻訳する雑音に似ている。

親密な夜間のメロペ〔短調な旋律〕、うねりのように読者を満たすこうした呟きは、今日のニュースを提供したり、サロンで格好をつけたりするために話し始める登場人物によって、不承不承といった具合に中断される。調和を破るこれらの声（ほとんど毎回のようにパスティーシュや、純然たるからかいのきっかけになる）は、『見出された時』の死の舞踏を予告する数々の仮面から発せられる。彼らの欠点は一度ならず酷いしかめっ面に凝固するのだからなおさらのことだ。サニエットの叔母は、そのフランス語の間違いを隠すために「しゃがれ声で話す」し、「鼻声で話す」カンブルメール夫人は話しながら唾の分泌過多に陥る。そしてヴェルデュラン夫人はといえば、顎が外れて以来、おかしな身振りをするようになり、涙が出るほど笑っていることを客人たちに示すために叫び声を上げながら目を閉じる——「そんなふうにヴェルデュラン夫人が、信者たちの陽気さにぼうっと上気し、気のおけない仲間のかわす悪口や同意に酔いしれ、とまり木の高みに鎮座しているすがたは、まるでホットワインに浸したえさを与えられた小鳥のすがたで、自分の愛想のよさに感涙にむせているのであった」(I, 205.〔第二巻、五九頁〕)

飼鳥園もしくは鶏小屋にたちまち変じるサロンでは、声と同じくらい、借り物の言い回しや、わざとらしい口調が語り手をうんざりさせる。この聴覚的・視覚的な地獄においては、間違った発音と同じくらい、偽物の態度が彼に苦痛を与える。それゆえ、一人称のあらゆる文章から聞こえてくる、印がついていない口調に加えて、語り手はコタールの言葉遊びを、彼が字義通りに受け取る成句を、ベルゴットのもったいぶった話しぶりを、ブロックの「新ホメロス的な」言葉遣いを、そしてオデットの英語かぶれを——いずれも、趣味の悪さ、虚勢、つまりは自己欺瞞——を強調する。ただサニエットだけが見逃されるのは、彼が口のなかでもぐもぐ言うさまが「舌の欠点を示すというより、むしろ美しい心のあらわれと言うべきで、けっして失われていない幼心の無垢の名残のように」感じられ、「サニエットが発音できないすべての子音は、それぞれ口にできない冷酷なことばをあらわしているように思えた」（I, 203.〔第二巻、五五頁〕）からにほかならない。

『失われた時を求めて』におけるあらゆる登場人物が、それぞれに属する自分だけの音色、発声法を持ち、別のジャンルの小説であれば、身体的特徴や社会的役割がそうするように、そうした音色が読者の注意を彼らに向ける。しかし、その多くが騒いだり長口舌を振るったり、万国共通の「おしゃべり」をそこで供給しているようにしか思えない一方で、純粋な声であるという特権を有する登場人物たちもいて、彼らは自分自身のために語るだけでなく、われわれのもっとも感じやすい琴線に触れてくる。それこそまさに、語り手の精神の中では、一人に耳を傾けることがもう一人の悲しみの原因となるほど、互いに近いところにいる二人の女性の場合である。会話のなかに紛れ込んでしまうようなことがなく、薄明かりによって守られた場所で純粋に音楽的な魅力を発揮するこれらの声は、二人の歌い手による二つの声なのだ——語り手に朗読をする母親、そして、近親相姦をめぐるラシーヌの大それた夢を口にするとき、「黄金の声」（I, 441.〔第三巻、四三頁〕）が舞台を照らすラ・ベルマ。

　世界の不快音調のただなかにあって特定の音が切り離されるのは、それらが意味を担っているからであり、好ましいものであれ不吉なものであれ、喚起もしくは警告という効果（例えば、スワンによって鳴らされ、『見出された時』において再び鳴り響く庭の入り口の呼び鈴のように）[*]を有しているのと同じく、ある種の声はもっと高次の音域に属している。おしゃべりの音域に対する歌のそれ、会話のそれに対する文学のそれ、といった具合に。

プルーストが昼夜を反転させなければならなかったのは、これらの声をふたたび見出し、嫉妬の苦しみや、残酷さへの誘惑をスルタンさながらに感じたうえで、今度は自らがシェヘラザードになるためだった。このことが文字どおり真実であるのは、語り手が自分の書こうとしている巨大な書物（しかし、われわれの方ではすでに手にしている書物）が眼前に広がるのを前にして、死に先回りされるのではないか、東洋の語り部たるかの女性が昇る太陽に追いつかれるように時間に追いつかれるのではないか、という不安を覚えているほどだ。

「昼間は、せいぜい眠るべく努められるものならそうしよう。仕事をするのは、夜だけになるだろう。それでも多くの夜が、もしかすると千の夜が、必要になるだろう。しかも私は、朝になって物語を中断したとき、シャフリヤール王ほど寛大ではないわが運命を司る「師」が、はたして私に死刑判決を下すのを延期して、つぎの夜にそのつづきを物語るのを許してくれるかどうか判然としないという、激しい不安にさいなまれながら生きてゆかざるをえないだろう」(III, 1043.〔第十四巻、二九二頁〕)。なぜなら、もしもアラブの物語もしくは別の世紀の回想録を書くという確信があるのならば、かように死を退ける語り部の女性とは反対に、彼自身は自分の死を早めることしかしていないと、ずっと前から知っているのだから。

ヴェールなきシェヘラザード、顔をあらわにした愛妾――写真や肖像画、とりわけジャック＝エミール・ブランシュによるそれを通して、われわれはそのようなプルーストをとらえることができる。だが、それ以上にセレスト・アルバレが（『失われた時を求めて』の作者を幾晩も看病してから）われわれにもたらしてくれた回想録（Céleste Albaret, *Monsieur Proust, souvenirs recueillis par Georges*

*Belmont*, Éditions Robert Laffont, Paris, 1973）は、コルク貼りの寝室と、聾唖者の世界について話題にしながら語り手が凡俗な騒音と対比させる「清らかな静寂」（II, 78.〔第五巻、一六六頁〕）に、われわれが足音を殺して近づくことのできる唯一の書物である。セレストの回想録は、ときに言われたほど表面的でも愚鈍でもなく、マルセル・シュウォッブを歓喜させただろう。シュウォッブは、『架空の伝記』の序文において、過去の人物たちの偏執、食べ物の好みや外見上の欠点——要は彼らの人間的な個別性——を、彼らの作品や有名な行動ほどには知らないことを嘆いている。

「ムッシュー・プルースト」についてであれば、われわれはほとんど全てを知っている——習慣、時間割、寝室（ルイ叔父から受け継いだカーテンによって日の光が塞がれている）の敷居を跨いではいけないというほとんど宗教的な禁止ばかりでなく、後世へと語り継がれたさまざまなディテールとしては、起床とともにとるコーヒーのエッセンスや、夜になってからリッツの厨房に取りに行かせるきんきんに冷えたビール、薫蒸(くんじょう)に断食、嫉妬と気まぐれの数々を。

セレストの回想のなかに、プルーストがオリエントの王子に扮した肖像がある。それは『失われた時を求めて』の作者がみずから助長した伝説と合致しているのだが、しかしよりいっそう正確には、身だしなみの儀式や、少しでも汚れれば取り替えられるリネン、感染を避けるためにはめる手袋、注射の恐怖に、極め付けの恥じらいを通して、触れる(アンタッチャブル)ことのできない者としてのプルーストの肖像をわれわれは見出す。

もしもプルーストがセレストに愛着を持っているのならば、それは間違いなく彼女の献身というよりむしろ崇拝のためであろうが、さらには(彼女にはそのことが見抜けていないようだが）その素敵な名前のためであろう。その証拠には、『失われた時を求めて』のなかで、「お供の女性（クーリエール）」に変身させられたセレストが語り手の肖像を数行描いてみせる場面があって、そこにこの名前が出てくる——まず白い鳩になぞらえられた語り手は、「ベッドにご降臨の天の神さま」（III, 17.〔第十巻、三九頁〕）となる！　これらのページ、そして、六十年後にセレストが同じことを言っているページに関連して、『失われた時を求めて』におけるこのわずか一文が、彼女の回想録に新たな価値を与える——その書物の規模ゆえにわれわれが忘れてしまいかねないプルーストの力を思い知らせてくれるのだ——凝縮する力を。

セレストは、プルーストの「不在」には遠くから立ち会うのみだったが、『失われた時を求めて』の注意深い読者すべてと同様に、彼女がもっと近くで見ることのできたものは、彼のシェヘラザードへの変身なのであって（「ほんと、完璧につくられたミニチュアだわ、ガラスケースにはいっているどんな貴重なミニチュアよりもすてきね。だってこの人、いろいろ動けるし、そのことばだって昼でも夜でもいくらだって聞けるんだもの」（II, 849.〔第八巻、五五二頁〕）と、『ソドムとゴモラ』において語り手は彼女に言わせている）、そして彼女が時折予感していたのは、あらゆる登場人物のなかでもっとも不可視なる人物の謎めいた存在、すなわち「時間」にほかならず、それは順繰りに、従順な専制君主、されるがままの愛人、そして嫉妬深い神の外見をとって、後者は、作家の部屋——われわれには葬儀会場と見分けがつかない——を、その影と栄光で包み込む。

プルーストがそのベッドの中で、生者たちの目に見える世界と、登場人物たちの見えざる世界を御するのを見ていた八年のあいだ、セレストは一種の順応の甲斐あって、墓への奇妙な降下、死への入り口に同伴した。いつも暗いアパルトマンの奥では、心のなかで部屋の壁に投影された登場人物たちに場所を譲って、生者たちは姿を消し（枕元のランプが幻燈にとって替わる）、彼女がプルーストのために運んでくるものの、ほとんど手をつけられることのない食べ物は、徐々に供物の様相を呈してくる。プルーストが、ベルゴットのように、「壮大な作品の美しさ」を込めたいと願う「神聖きわまりない弱々しい人体」(I, 547.〔第三巻、二六七頁〕)への供物に。

寡黙ながら注意を怠らず、ほとんど待ち構えているかのようなセレストは、そもそも知っているなどと彼女が言ってはいない私生活よりも、プルーストが彼の本に戻るために毎晩世の中を留守にする流儀をわたしたちに生き直させてくれる——それゆえ、彼女のように、われわれは彼の部屋までついていく権利があるが、敷居を越えることはできない。そして彼女が狂おしい不安(彼女が最悪の事態を想像した二日間の苦しみ、「彼には全てが聞こえている」壁の向こうでプルーストが生きている証を示さず、永遠に思えた時間)をわれわれと共有するとき、われわれは彼女に倣って、必ずしも告白とは言えない以下の文章を繰り返すことになるだろう――「僕の方も、僕たちはたぶんもう会えないのではないかと思ったよ」(*Monsieur Proust*, p. 336)

この奇妙なエピソードについては、どんな仮説も可能である。多少なりとも調整されたヴェロナールの服用量も含めて。つまり、セレスト自身がほのめかすように、書物に役立つ実験というわけだ。となれば、ベルゴットが試した睡眠薬のことを、そして語り手のコメントのことをどうして思い浮かべずにいられよう。語り手が亡霊たちに蝕まれてしまった「私」にすぎないとしても、マルセルという名前を持っていることをわれわれは忘れていない。「成分がまるで異なる新薬を飲むときは、未知のものへの心地よい期待をいだかずにはいられない。胸は最初の逢い引きのようにときめく。この新参者は、いかなる未知の眠りや夢へ導いてくれるのだろう？　いまや体内にはいり、こちらの思考を支配している。これからどのように眠りこむのだろう？　ひとたび眠りにはいると、この全能の支配者は、こちらにいかなる奇怪な道をたどらせ、いかなる頂上へと、いかなる未知の深淵へと導いてくれるのだろう？　この旅ではいかなる新たな種類の感覚を味わうことになるのだろう？　こちらを導く先は、体調不良なのか？　至福なのか？　死なのか？」（III, 186.〔第十巻、四一四頁〕）

死というのは、人が自分で乗り越えなければならない最後の敷居であり、プルーストはその秘儀伝達的な大作小説の末尾で、自分の代わりに語り手が務めおおせていた役割を取り戻す。幾度もの「衣装なしのリハーサル」のあとで、目が見えず、口は閉ざされ、その沈黙が別の生への開けゴマの呪文であるひとつの顔とともに彼は退出する。睡眠を司るこの神は、未知の、そしておそらくは個人的な宗教でもって死者の書を照らし出すこともできるような神であり、最初の人間たちと同時代の神、両性具有者でごった返す世界から、単なる分裂によって繁殖がなされていた時代からきた神である。スワンが夢の中で想像したような神、それこそがプルーストの最晩年を、迷宮の最後の部屋にて彼が沈黙に身を捧げ、時代の流れを遡っていくのを見守っていたのであって、その部屋には、全ての音を押し殺し、いくつも門を潜り抜けた後にしか、行き着くことができない。

# 注解

**一九頁**　ほぼ同じ時期に、マルセル・プルーストの父もまた、同じくらい困難な条件の下、遥かに高貴な目的をもって、「オリエント」――十九世紀においてこの語が指す地域は広大で、中国からマグレブまで広がっており、その境界が曖昧だった――への旅を企てた。彼はコレラと闘う使命のために旅立ち、その闘いに、とりわけ、その後「防疫線」と呼ばれることになるものを推進すべく、その体力と時間の大半を捧げることになる。ジョージ・ペインターの伝記によると、「一八六九年、農商大臣は、それ以前の流行病がどういう経緯をたどってロシアに侵入したかをつきとめるために、彼をサンクトペテルブルグおよびアストラカン経由でペルシアに派遣した。彼は酷暑のなかを馬で旅し、テヘランでは皇帝から格別の歓待を受けて、すばらしいペルシア絨毯を贈られ、コンスタンチノープルではトルコの大宰相アリ・パシャに歓迎された」〔ジョージ・D・ペインター『マルセル・プルースト――伝記』上巻、岩崎力訳、筑摩書房、一〇頁。訳文は一部改変した〕

**二九頁**　Anne-Marie Deschodt, *Fortuny*, p. 31 および pp. 222-223 の写真を参照。一九七八年の『オセロを撮る（*Filming Othello*）』〔日本未公開〕において、オーソン・ウェルズは、フォルチュニについて一切言及していないのだが、それは言い落としのように思われてならない。実際、彼は、撮影の苦労の末にアフリカ大陸沿岸へ、モガドール（一九五二年には、これはモロッコ映画としてカンヌ映画祭で上演されたのだ！）まで赴く羽目になり、ローマ人のプロデューサーが約束していた衣装が届かなかったため、彼は街のユダヤ人の仕立屋に、カルパッチョによる見本を示して作らせた。『オセロを撮る』の別のシーンにおいて、ウェルズは、衣装のみならず映画の美学もカルパッチョに負っていると付け加える。まさしく『オセロ』の演出の面で、カルパッチョに、ということは、ウェルズに先駆けてこのヴェネツィアの画家から着想を得ていたフォルチュニに負うところがあるというわけだ。

**四〇頁** フォルチュニは一九〇八年にパリでもうひとつの商標を登録させた——円の上部には「フォルチュニ」と、下部には「クノッソス」と書かれており、中心にはあの有名な迷宮が、暗い背景に明るい色で刻まれている。

**四五頁** 備忘録として——『エステル』に関するソフォクレスからラシーヌへの手紙。バルベックの少女たちのひとりによって書かれた宿題であるから、二次的な模作である（I, 912.〔第四巻、五七四—五七五頁〕）。従僕のペリゴが親族に宛てた手紙は、美文調や「詩情」をひけらかす（II, 566-567.〔第七巻、四八九—四九二頁〕）。スワンの死亡記事（III, 199.〔第十一巻、四二一—二五頁〕）、そしてヴェルデュラン家の夜会について語るゴンクール兄弟の偽の日記（III, 709-717.〔第十三巻、六一—八六頁〕）。

**四六頁** 「フォルチュニが、部屋着のモチーフに番（つがい）の鳥たち、たとえば花瓶の水を飲んでいるところ――サン＝マルコ大聖堂のビザンチン様式の柱頭によく見かけるような――を使ったことがあるかどうか、ご存知ですか？」と、プルーストはマリア・デ・マドラゾに問い合わせた。一九一六年の二月および三月に綿密な取材を行っていたのである。彼女に対してプルーストは、マリアはレイナルド・アーンの姉であり、フォルチュニの叔父と結婚していたのであって、プルーストは、彼女に協力を仰ぐことについて次のように弁明している。「最終的にはあちこちで一行になるだけでしょうし、ひとつのものごとについて一言言うために、あるいはなにも言わないために、私は際限なく詰め込んでおく必要があるのです」。同じ手紙のなかで、プルーストはふたたび「フォルチュニのライトモチーフ」について語っている。

**六〇頁**　カルパッチョのうちに、プルーストは自らの根本的直感のひとつを要約し、美を映す鏡となる「名匠の艶」をふたたび見出したのであろう。その美の反映は幻燈機やステンドグラスやタピスリーのうちに見出される。「もしラ・フォンテーヌの寓話や、モリエールの喜劇といったもののうちに絶対的な美を形成するものを探究するならば、それが、深さや、傑出しているように見えるあれこれの効果ではないことがわかる。それはある種のぼかしであり、透明な統一性であり、そこではすべてのものが、それぞれの当初の物質としての特質を手放しながら、おのおの隣り合うように集まってきて、外にとどまっていたり、この統合に反発したりするような語はひとつもない（……この発想ははじめて私にやってきて、私はそれを表現するすべを知らない）。それは人が言うところの「名匠の艶」なのだろうと思います」（アンナ・ド・ノアイユ宛の手紙。一九〇四年六月十三日）

**六八頁**　《カルツァ同信会員》へのこの言及は、あらゆる類の組織や、カーストや、フリーメイソンなど――そのメンバーたちは、合言葉や、帰属のしるしや、衣装の細部で互いを認識しあう――にプルーストが向ける関心をあらためて強調する。貴族たちと同様に芸術家たちにも、ユダヤ人たちと同じように同性愛者たちにも、いうまでもなく外交官たちや召使たちにも、これらは大きく異なる集団でありながら、同様の行動が観測される――この観点からすれば、悪徳、出自、天職の間に何の違いもありはしない。自らを選ばれし者あるいは呪われし者と感じるにせよ、暗黙の合意への欲求や、共謀への嗜好から逃れることはできないし、それらについてプルーストが語ることは、社会的な観察よりも、アイデンティティの原理の探究に属する。

「カルツァ同信会員」たちは、実はさまざまな団体（モデスティ、フラテルニ、ペルペトゥイ、エレッティ、ファウスティ、ザルディニエリ、フォルトゥナーティ、オルトラーニ、レアーリ・ジュニオレス、センピエテルニ、アッチェッシ等）に属しており、それらの団体は、十五世紀終盤の数年間および次の世紀の大部分に渡ってヴェネツィアで発達した。それらは怠惰で裕福な若き貴族たち（一団体ごとにせいぜい数十人）を集め、その目的はもっぱら、軽薄な遊び、あらゆる形の気晴らしであった。カーニヴァル、祝祭、晩餐会、パントマイム、茶番劇といったものは、これらの仲間たちの日常的な活動であり、ヴェネツィアの生活を活気づけたが、それらに伴う豪奢と狂騒は、必ずしも権力者たちの趣味にそぐうものとは限らなかった。元老院は、カルツァ同信会員たちが愛好していたあまりにも派手な衣装や、凝りすぎた宝飾品を制限または禁止しようと、幾度にもわたって虚しく試みた。

「ラ・カルツァ」とは、諸団体全体に、それらに共通した特性のために人々から与えられた総称である――記章や標識の代わりに、各会員は、紋章の入った、さらには刺繍を施された、そして大抵の場合には、片足ごとに色が異なる長靴下――ジェンティーレ・ベッリーニによる《聖マルコ大聖堂への行進》や、カルパッチョの数々の絵画、とりわけプルーストも言及している《グラドの総主教》に見ることができるような――を身につけている。（これについては Lionello Venturi, *Le Compagnie della Calza*, Venise, 1909［1983］を参照のこと）

**六九頁**　この文章は、イリエ＝コンブレーのプルースト記念館で見ることができるルコント・ド・ヌイによるアドリアン・プルースト医師の肖像の説明文として使われている。

**七〇頁**　司祭の長衣を考えれば、同時に「厳しく信心深い」ホタテ貝の襞――ケーキ屋では、あの有名なマドレーヌに型を提供し、その内側の膜は、あらゆる二枚貝の場合と同じく、外套膜と呼ばれる――が想起される……。

**八四頁**　裏返される衣装が問題になる箇所から遠からぬところで、あたかも意図的ではないかのようにメタファーがふたたび現れるが、雄弁であることに変わりはない。語り手の父は、ノルポワと彼のいつもの控えめさに関して以下のような一文を発する。「ノルポワの爺さんはボタンをきっちり締めているが、私には胸襟を開いてくれる」(I, 437.〔第三巻、三四頁〕)

**八五頁**　スワンの変装は、いちどヴェネツィアのコッレール美術館でカルパッチョの描いた男性の肖像画——赤い縁なし帽を被った若い男の半身像——を目にしようものなら、それを執拗に想起させる。それが実際の着想源であるかどうかは些末なことである、というのも、そうした類似をあとから想起させるのは、『失われた時を求めて』(ほかのあらゆる傑作と同様に)の魅力であり、それらの類似は、推定されるモデルは誰なのかという、やや虚しい、いずれにせよ限度がある探究よりも豊かなのである。

　夢にかんして言えば、それらをめぐる話は『失われた時を求めて』のうちでもっとも説得力に乏しく、まるでプルーストが、珍しく感覚よりも物語に執着したかのようである。

夢（夢遊病、自分自身のうちへと降りていくこと、明白なものと潜在的なものの間の絶えざる戯れ）の印象は、書物全体を貫いている。

**九七頁**　「呪われた種族」というのは、「サント＝ブーヴに反論する」の断片のひとつに与えられたタイトルであり、『失われた時を求めて』の下書きと見做すことができる。そこでは、ホモセクシュアルが明白かつ長々とユダヤ人たちに比較されている。「イスラエル人のように迫害されている呪われた種族」

しかしながら、ラシェルがサン＝ルーについて間違いを犯したように、相手をどちらかの「種族」の一員であると思うとき、間違い（読み間違いよりも不吉な）を免れているわけではない。

「「そうなの、あたしをおどすつもりだったのね、なにからなにまで前もって手を打っていたのね。よく言ったものだわ、マルサントはマテル・セミタで、お里が知れるって」。そう答えたラシェルが受け売りした語源説は、セミタは「小径（サント）」という意味で「ユダヤ人（セミット）」を指すのではないから、とんでもない間違いなのだが、ナショナリストたちがドレフュス派の意見を表明するサン＝ルーに当てはめていたものだった。もっともサン＝ルーのドレフュス支持は、愛人の女優から受け継いだものである」(II, 178-179.〔第五巻、三八七—三八八頁〕)

実のところ、サン＝ルーは確かに何かを隠しているのだが、それは『見出された時』で明らかになるように、そのユダヤ性ではなく、同性愛なのである。

**一〇〇頁〔一行目〕**　『花咲く乙女たちのかげに』のなかのある一節で、プルーストは「イスラエル国民（イズラエリット）」という語を強調してみせる。その発音は、脆弱ではあるが雄弁な基準である。「私たちはよくブロックの妹たちに出会ったが、その父親宅で夕食をご馳走になってから私としても挨拶しないわけにはいかなかった。私の女友達はみな、そんな姉妹は知らないと言い張った。アルベルチーヌなどは「あたし、遊んじゃいけないって言われてるのよ、イスラエリットとは」と言った。これが「イズラエリット」ではなく「イスラエリット」と発音されるのを聞くだけで、発音の最初の部分が聞き取れなくても、このブルジョワ娘たちの心の底に息づいているのが選ばれし民への共感ではないと推測できたはずだ。信心ぶかい家庭に生まれ育ち、ユダヤ人はキリスト教徒の幼児を虐殺する種族だとや

すやすと信じてしまう娘たちなのである」（I, 903.〔第四巻、五五六頁〕）

語り手にとっては計り知れない意味を持つ、発音上のこの些末な違いは、まさに人を判断する決め手なのである。この語は複数の言語で使われており、川、麦穂、オリーヴの小枝を同時に意味するが、われわれとしては聖書への参照を促される。というのも、シボレートという語は士師記の一挿話に現れるからで、ギレアデの人たちがヨルダンの渡し場を押さえたあと、彼らはエフライムの人々を追い回す。「エフライムの落人が「渡らせてください」と言うとき、ギレアデの人々は「あなたはエフライムびとですか」と問い、その人がもし「そうではありません」と言うならば、またその人に「では『シボレテ』と言ってごらんなさい」と言い、その人がそれを正しく発音することができないで「セボレテ」と言うときは、その人を捕えて、ヨルダンの渡し場で殺した」〔「士師記」十二章六節〕

シボレートはそれゆえ、出自を暴露する合言葉であり、帰属か追放を決定するのだ。リトレが比喩的な語義を詳述している。「シボレートとは」フランス語で「ある集団にのみ属する言葉遣いないし態度」を意味し、「その一員を指し示し、そうではない人々を排除する」のだ、と。こうしてわれわれは『失われた時を求めて』の本質的な問題に引き戻される。

**一〇〇頁〔八行目〕**　ニッシム・ベルナール氏のオリエントへの先祖返りは、それに先立つページでは「ヘブライ人の血筋による遺伝」(II, 844.〔第八巻、五四二頁〕)であり、彼の中でふたつのオリエントが混線していることをより強調しているかのようだ。

**一〇五頁**　彼と知り合う前は「バルベックでは自転車やゴルフに夢中で〔……〕『エステル』しか読んだことのなかった娘」(III, 468.〔第十二巻、一二二頁〕)であったと語り手は主張する。

シャルリュスが死を受け入れる「キリスト教的な穏やかさ」について言うならば、それは彼の「派手な暴言」の変換であって、プルーストは括弧の中で言い添える。「『アンドロマック』のまるで異なる精髄が『アンドロマック』のなかへ移し替えられたよう」(III, 323.〔第十一巻、三〇四頁〕)。すなわち、『失われた時を求めて』の登場人物たちは、ほかの登場人物たちが彼ら以前に演じたり生きたりしたことを再演し、生き直しているという意味で、まさしく文学的英雄たちなのだ。彼らの口から出る引用が遺伝的特徴となってしまうほどに。

そういうわけで、語り手の母と祖母の関係は、実在の人物たちの人生と同じくらい、セヴィニエ夫人の書簡に由来しているのだ。
『失われた時を求めて』の登場人物たちは、彼らがその存続に貢献しているひとつの伝統の継承者であるとはいえ、あたかも自分たちが高貴な家柄ないし古い家系の最後の末裔であるかのようだ。『失われた時を求めて』の世界は事実、子孫を欠いており、唯一の子ども時代は語り手のそれなのである……。

**一一二頁**　マドリュス博士は一八九九年から一九〇四年にかけて『千一夜物語』の翻訳を出版し、変形された固有名詞の転記によって違和感に異質さの効果が加えられていることにプルーストは気づく。シャーラザードはシェヘラザードとまったく同じとはいえない……。

だからといって、彼女が新しい経歴を歩む妨げとはならず、とりわけバレエ・リュスのおかげなのであるが、プルーストだけでなく、フォルチュニもその舞台を見ており、そこでは、忠実であると同時に移調され、仄めかされるだけであるからこそかえって存在感が強まっているオリエントがパリの舞台（一九〇九年には『クレオパトラ』と『東洋の女たち』によって、一九一〇年にはそのシーズンの大ヒットとなった『シェヘラザード』によって）に移入される。おまけに、プルーストは、セール、バクスト、ブノワの舞台装置に触れており、フォルチュニの衣装にも似たその喚起力を強調するのだが、後者はヴェネツィアの「断片的な、神秘あふれる補色」（III, 369.〔第十一巻、四〇五頁〕）を語り手に連想させる。

当時のもっとも偉大な踊り手たち（ルース・セント・ドニスであれ、イザドラ・ダンカンであれ、エレオノーラ・ドゥーゼであれ）は、出演時も含めてフォルチュニの衣装を身にまとっていたし、一九二〇年にパリジャンたちに向けてヴェネツィアのデザイナーの新作を紹介するパンフレットは、同時期の東洋趣味を示しており、それは部分的にはバレエ・リュスの影響によるものだった。そして、フォルチュニのドレスのひとつはまさしく「シェヘラザード」と命名されていた。

**一一六頁**　スワンはすでに、ブロックが「眉毛のへの字もそっくりだし、鷲鼻もそっくりだし、とび出た頬骨もそっくり」（I, 97.〔第一巻、二二一頁〕）であると言うために、ベリーニの描くメフメト二世の肖像に言及している。

**一二三頁**　『失われた時を求めて』のなかには、ひとつのエピソードに終わりを告げるためにに響き渡るその仕方にもかかわらず、当初こそ切り離され、それゆえに意味をなさないかのように見える音がある――バルベックの部屋で語り手がアルベルチーヌに口づけしようと襲いかかり、とうとう「未知の薔薇色の果実」の香りと味を知ろうとするとき、期待とは裏腹に彼女は彼の衝動に抵抗し、段落を締めくくる最後の短い二文がギロチンの刃のように落ちてくる――「けたたましい音がせわしなく、長く鳴り響くのが聞こえた。アルベルチーヌが力のかぎり呼び鈴を鳴らしたのである」

語り手の知性やそのこまやかな理解力は、この時に限って勇み足を踏んでしまう――彼を部屋に来させて主導権を握ったのは少女自身だったからなおさらである。しかし、いかなる解釈も与えられず（一度だけなら習慣にはならない）、自分しか頼る者のいなくなった読者にとってこの逸話が理解可能になるのは、コンブレーにおけるスワン、そして、鈴の音によって知らされるその訪問が、語り手から母の接吻が剥奪されることを警告していたことを思い起こす瞬間である。アルベルチーヌの拒絶の理由は彼女の心理のうちにではなく、物語の幕を開ける欲求不満のなかに、宿命の暴力的な力とともに語り手の精神に強いられる反響や連鎖のうちに求めるべきである。

# 訳者あとがき

本書は、Gérard Macé, *Le Manteau de Fortuny* (Gallimard, 1987) の全訳である。

フランスの詩人・エッセイスト・写真家・翻訳家であるジェラール・マセ（一九四六年生）の作品にはすでに複数の邦訳があり（『最後のエジプト人』千葉文夫訳、白水社、一九九五年。『記憶は闇の中での狩りを好む』桑田光平訳、二〇一九年。『つれづれ草』桑田光平訳、二〇一九年。『帝国の地図――つれづれ草Ⅱ』千葉文夫訳、二〇一九年。『オーダーメイドの幻想』鈴木和彦訳、二〇二〇年。以上、いずれも水声社）、現代フランス文学に関心のある読者にはすでにある程度馴染みのある作家ではないかと思われる。

　ピエール・ド・マンディアルグの推輓を得て刊行された『諸言語の庭』（一九七四年）でデビューして以来、今日に至るまで、ほぼ半世紀にわたって旺盛な執筆を続けているマセの著書は（限定本等は除いて）六十冊近い。それらを紐解けば、マルセル・プルーストの作品や彼にまつわるエピソードがあちこちで引用されていることがわかる。「個人を超えて、ある記憶が別の記憶を呼び、ある物語から別の物語へ、ある時代から別の時代へ、ある生から別の生へ、記憶の作用が作品化されている」（桑田光平「記憶の作家ジェラール・マセ」）とその作風を形容されるマセにとって、プルーストは、ネルヴァルと並んで、記憶の作家としての先駆者であった。

　ある夏のはじめに、それが第一回目となる『失われた時を求めて』の通読を始めたマセは、読み進めるにつれて、終わった後はどのように生きようかと不安になるほどの充実した二カ月間の読書体験をしたと語っている。その数カ月後、ヴェネツィアのガイドブックにフォルチュニの名前を見つけたとき、まるでそれが「開けゴマ」の合図のように、再読に導いてくれたという。その際、自身にとって「étoffe」（布地、織物）がいかに重要であるかにも気づかされたとも述べている。こうして本書が執筆されることとなり、一九八七年、九冊目の著書として刊行された。

導きの糸となったマリアノ・フォルチュニ（一八七一―一九四九）については、本書の序盤でその人生や人となりに関わるエピソードの一端が語られている。「小さなレオナルド」とも呼ばれたフォルチュニの存在は、『失われた時を求めて』ではもっぱら彼の作り出す衣装に集約されている。架空の存在である作家ベルゴットや画家エルスチールが主人公と交流するのに対し、この大作に登場する実在の芸術家としては、唯一現存の同時代人であったフォルチュニ自身は小説中に登場せず、もっぱら彼が創造する布地や衣装が物語で重要な役割を果たすのである。

フォルチュニはヴェネツィアとパリを行き来していた上、プルーストの親友であったレイナルド・アーンの姉は、フォルチュニの叔父の後妻（マドラゾ夫人）となったが、プルーストとフォルチュニが出会ったかどうかは不明である。そのかわりにプルーストは、マドラゾ夫人にフォルチュニのドレスの着想源やモチーフの詳細について、手紙で問い合わせを重ねている。そうした書簡のひとつで、フォルチュニのモチーフは自作において「官能を刺激し、詩的イメージを喚起し、苦痛をもたらす役割をかわるがわる果たすのです」（一九一六年二月十七日付の書簡）と予告していることからも明らかなとおり、プルーストは、フォルチュニの衣装のいずれをどのように登場させるべきか、そのひとつひとつについて効果を周到に計算していた。主人公が憧れてやまないヴェネツィアを想起させるとともに、彼を苦しませる愛人のアルベルチーヌにそれを纏わせることで、彼女との暮らしによってヴェネツィア行きが阻まれているという焦燥感をかきたて、アルベルチーヌの死後には、悲しみを蘇らせると同時にそれが消え去ることを実感させる。フォルチュニの衣装はたった数回しか登場しないものの、アルベルチーヌ譚の核となるとともに、物語全体に横溢するオリエントのテーマにも通じている。

記憶による引用を重ねて物語の連想をつなぎ、記憶違いによる変形作用もあいまって、まるで夢物語のようなものを紡いでいくのはマセの作風である。「読むことは間違えることにもなりうる」（マセ）。そうした広い意味での誤解や勘違いの創造的可能性を積極的に追求する姿勢を示すかのように、本書のエピグラフは、「美しい書物は一種の外国語で書かれている。言葉のひとつひとつに、各自が自分なりの意味や、少なくともイメージを当てはめるのだが、それは誤解であることが多い。とはいえ、美しい書物の場合、そこでなされるあらゆる誤読が美しい」という、プルーストによる未完の文学論「サント＝ブーヴに反論する」の名高い一節である。マセの愛読者はこの選択に深く頷く一方で、本書の場合は、『失われた時を求めて』のページ数を併記しながら論を進めているため、記憶違いによる変形は起こりにくいのではないか、と思うかもしれない。

そうとも言い切れないのは、アルベルチーヌが纏うフォルチュニの衣装をめぐるマセの記述のためである。シャルリュスにその「重量感あふれる」（第十一巻、四九頁）美貌を称賛されたアルベルチーヌが選ぶのは、つがいの鳥たちがくり返し描かれた青と金の部屋着であり、相思相愛を思わせるこの図柄とは裏腹に、主人公がアルベルチーヌに接吻することを阻む。主人公の元から彼女が出ていく前日に羽織ったマントのほうはといえば、すでにこの世を去った彼女を主人公が忘れかけた頃にヴェネツィアでカルパッチョの絵画のなかに再発見される。このようにプルーストはかなり明確な意図を持って、現実と作品世界のすり合わせを行なうことで、衣装そのものの喚起力を活かしている。

ここで重要なのは、勝山祐子が指摘しているように、プルーストがアルベルチーヌに纏わせるのは、もっぱらルネサンス時代のヴェネツィアから着想された衣装であるということで、フォルチュニの代名詞ともいえるギリシア風のドレス「デルフォス」を彼女が纏ったという明確な記述は見当たらない。にもかかわらず、マセはデルフォスのイメージを介して、アルベルチーヌを以下のように描いてみせる。

> 喇叭状の花冠が床に触れるフォルチュニのドレスはといえば、アルベルチーヌの変身——花の娘にしてセイレンであったあと、ヴェネツィアにて袋の中に象徴的に縫い込まれ、沈められる——を要約している。（七八頁）

バルベックの海辺で主人公の前に出現した一群の「花咲く乙女たち」のなかでもとりわけ活発な少女であり、囚われの女となり、非業の死を遂げたのち、ヴェネツィアでもう一度回想され、また忘却されるアルベルチーヌ。確かに言われてみれば、「喇叭状の花冠が床に触れるフォルチュニのドレス」ほど、そんな彼女にうってつけの衣装は確かにないように思えてくるが、それはなぜなのか。

「デルフォス」は、ローマのタナグラ人形から着想を得たプリーツドレスである。当初は上流階級に属する貴婦人が室内で着るものであったが、のちに「ドレス」として使われるようになり、近年復刻されセレブリティに愛されている。ちなみに、現在のデルフォスにはポリエステル製と絹製があり、ともに三四一六ユーロで販売されている（二〇二三年七月現在）。素材の違いにかかわりなく同じ値段であることは意外だが、かつてプリーツを施す技術が「秘密」とされたことも相まって神話化したデルフォス、絹製の方はプリーツがとれやすいため座ることが推奨されていない。これに対して、ポリエステル製はプリーツが取れにくく、自宅で洗濯できる利点がある反面、プリーツをつける技術は絹より高度であって、その分だけ値段も高くなり、素材の価格差を相殺してしまうのだという。

いずれにせよ、百年以上の時を経てもなお、このように製品化されている「定番」のドレスが他にあるだろうか？　フォルチュニのドレスは、一過性のモードではなく芸術作品であり、女性に彫刻のような荘厳さをもたらしてきた。女性の身体をコルセットから解放し、軽やかな着心地を実現しながらも、身に纏う女性を崇高にしてしまうこのドレスの不思議さを、見事に言語化してみせた同時代人がいる。本書でも引用されているアンリ・ド・レニエの妻マリーは、同様にフォルチュニの衣装に魅せられ、「魔法使い」と題されたエッセイで、フォルチュニの衣装のもつ過去を喚起する力――デルフォスと思われるギリシア風のドレスのそれ――について、次のように称賛している。

これらのドレスは、はるか昔に、享楽的な姫君や、悲しげな高級娼婦や、スルタンの暗殺された妻や、恋多き麗しの貴族女性たちの、すでに失われたその短い命の何日かを飾ったことがあるかのように思われる。それらは無疵でありながら古来のもののようで、すでにそれぞれに、数奇な物語があるかのようなのだ! ドレスには、普通、誰かに着られる前には未来しかないものだ……フォルチュニのドレスには、纏われる前からすでに過去があり、それが、明日纏うであろう女の美しさにメランコリックな優美さを与える。これらは死んだ女たちのドレスなのだ……私たちが多分かつてそうであった、そして必ずそうなるであろう死んだ女たち。

（一九一一年五月一日付『フィガロ』紙）

女性たちの（花さながらに）移ろってゆく身体を、一時的に飾ることによって移ろい消費されていく通常のモードとは異なり、「纏われる前からすでに過去がある」デルフォスは、花盛りにあってもいつかは待ち受ける死を想起させながら、時代を超えたドレスとなった。(このドレスのありようは、「個人を超えて〔……〕ある生から別の生へ」と記憶が連なるマセの作品を連想させる。)

「生きていたことなど一度もないのではないか」とアルベルチーヌを形容するマセが、デルフォスのドレスを想起したのは必然であった。おそらくは時代がかっているという含意を込めてシャルリュスがその美を「重量感あふれる」と評したことが改めて思い合わされる。主人公がアルベルチーヌのために話題にするゲルマント夫人の「変わった匂いのする」(第十巻、九七頁)ガウンは死臭を連想させる。彼女は、花咲く乙女——思えばこの呼称もまた、フォルチュニがすでにワーグナーの舞台用絵画で使用していたものであった!——であると同時に、実際に死ぬ前からすでに死んでいた女なのだ。マセが強調するのは、「生きていたことなど一度もなかった」アルベルチーヌのイメージなのである。

織物を裏返しにするとその糸が別の模様を描いているように、マセはフォルチュニの名前を出発点に、連想のネットワークを——自らの文学的記憶をちりばめながら——たどってみせる。隠語の世界、旧約聖書、千一夜物語……同じ布地を別の糸から辿り直すような過程でもうひとつの『失われた時を求めて』のイメージが浮かび上がってくる。そして、そのような物語の糸を編んでいた、シェヘラザードとしてのプルースト（ただし、語ることで自らの命をつなぐとともに削ってもいたシェヘラザード）が出現する。

最後に個人的な補足を数点。

フォルチュニの伝記的事実等に関してマセが主に参照したいずれも大判の二冊のうち、『マリアノ・フォルチュニ――ヴェネツィアの魔術師』（*Mariano Fortuny : un magicien de Venise*, Éditions du Regard, 1979）の著者アンヌ＝マリー・デショット（Anne-Marie Deschodt）は、ルイス・ブニュエルの映画などにも出演したフランスの女優であり、もう一冊の『マリアノ・フォルチュニ』の著者ギレルモ・デ・オズマ（Guillermo de Osma）はフォルチュニの専門家である。絢爛たる布地やドレスの写真に目を奪われるこれらの書物から、フォルチュニの栄光ばかりではなく、その奇人ぶりを示すエピソードを目敏く拾って自らの書物に編み込むマセの手つきは、本書でも言及されるマルセル・シュウォッブの『架空の伝記』を思わせる。

二〇二三年七月、訳者は酷暑のヴェネツィアを訪れた。フォルチュニが居を構えていた「オルフェイ館」は、オーバーツーリズムが問題になっているこの街の中心部でありながらもどこかひっそりとした一角に立地している。二〇一九年十一月の記録的なアクアアルタ（高潮）で大きな被害を受けて長らく閉館していたものの、二〇二二年三月にようやく修復を終えて再開した。館内には衣装の数々はもちろんのこと、フォルチュニが考案した舞台装置の模型や照明器具などが展示され、壁面にはたくさんのエッチングや、絵画作品が、画家であったその父の作品とともに、所狭しと並んでいる。

フォルチュニの書斎には、「扉」「門」「墓」「壺」「武器」「衣服」「植物」「壁画」などあらゆるモチーフの目録（これらの目録の多くは、ひとつのモチーフだけで数巻に及ぶ）が、手作りの帙に保管され、ずらりと並んだ書架は圧巻であり、過去に再び命を吹き込みながら無限に作品が生み出されてきたかつてのアトリエの様子をありありと想像させる場であった。

館内を歩きながら本書の表紙にふさわしい作品を探したところ、つがいの鳥が向かい合う深いブルーの布地が目に留まった。フォルチュニ美術館のクリスティナ・ダ・ロイト

(Cristina Da Roit) 氏によれば、一九一〇年ごろの作品で、イタリアの十六世紀の布地(この時代の布地の多くがそうであるように、建築の装飾モチーフを模している)から着想を得ているとのことである。

ペローの「ろばの皮」の引用文については、岩波文庫版『ペロー童話集』(新倉朗子訳)を使用させていただいた。また、「訳者あとがき」執筆に際し、フォルチュニとプルーストの関係については勝山祐子氏による綿密な論考に大いに触発された。マリー・ド・レニエのエッセイを知ることができたのも、勝山氏のおかげである。編集にあたっては、井戸亮氏にこまやかなご指摘をいただいた。この場を借りて感謝申し上げる。

福田桃子

## 著者／訳者について——

**ジェラール・マセ**（Gérard Macé）　一九四六年、パリに生まれる。詩人、写真家。主な邦訳には、『最後のエジプト人』（白水社、一九九五年）、『記憶は闇の中での狩りを好む』（二〇一九年）、『つれづれ草』（二〇一九年）、『帝国の地図　つれづれ草Ⅱ』（二〇一九年）、『オーダーメイドの幻想』（二〇二〇年、以上、水声社）などがある。

＊

**福田桃子**（ふくだももこ）　一九七八年、神奈川県に生まれる。パリ第四大学博士課程修了。博士（文学）。現在、慶應義塾大学経済学部准教授。専攻、フランス文学。主な著書には、*Les Femmes tutélaires dans* À la recherche du temps perdu *: approche intertextuelle de la figure de la servante* (Honoré Champion, 2022)、主な訳書には、ビュトール『レペルトワール　Ⅰ〜Ⅲ』（いずれも共訳、幻戯書房、二〇二〇〜二三年）などがある。

Cet ouvrage a bénéficié du soutien des Programmes d'aide à la publication de l'Institut français.
本作品は、アンスティチュ・フランセの翻訳出版助成を受給しています。

INSTITUT
FRANÇAIS

フォルチュニのマント――『失われた時を求めて』をめぐる衣服の記憶

二〇二三年一一月二〇日第一版第一刷印刷　二〇二三年一一月三〇日第一版第一刷発行

**著者**――ジェラール・マセ

**訳者**――福田桃子

**装幀者**――宗利淳一

**発行者**――鈴木宏

**発行所**――株式会社水声社

東京都文京区小石川二―七―五　郵便番号一一二―〇〇〇二

電話〇三―三八一八―六〇四〇　FAX〇三―三八一八―二四三七

［**編集部**］横浜市港北区新吉田東一―七七―一七　郵便番号二二三―〇〇五八

電話〇四五―七一七―五三五六　FAX〇四五―七一七―五三五七

郵便振替〇〇一八〇―四―六五四一〇〇

URL : http://www.suiseisha.net

**印刷・製本**――精興社

ISBN978-4-8010-0754-3

批評の小径
sentier de la critique